GUILHERME MARCONDES
LUIZ AUGUSTO CAMPOS

RELAÇÕES RACIAIS

COLEÇÃO
DOIS
PONTOS

mórula
EDITORIAL

ORGANIZAÇÃO DA COLEÇÃO
ALEXANDRE WERNECK
EUGÊNIA MOTTA

REVISÃO
MARILIA PEREIRA

PROJETO GRÁFICO
PATRÍCIA OLIVEIRA

CIP-BRASIL. CATALOGAÇÃO NA PUBLICAÇÃO
SINDICATO NACIONAL DOS EDITORES DE LIVROS, RJ
Elaborado por Gabriela Faray Lopes – CRB 7/6643

M27r

Marcondes, Guilherme
Relações raciais / Guilherme Marcondes, Luiz Augusto Campos; [organização Alexandre Werneck, Eugênia Motta]. – 1. ed. – Rio de Janeiro: Mórula, 2024.
108 p. ; 19 cm. (Dois pontos ; 3)

Inclui bibliografia
ISBN 978-65-81315-99-3

1. Sociologia urbana. 2. Relações raciais. I. Campos, Luiz Augusto. II. Werneck, Alexandre. III. Motta, Eugênia. IV. Título. V. Série.

24-87968 CDD: 305.8
CDU: 316.347

Rua Teotônio Regadas 26 sala 904
20021_360 _ Lapa _ Rio de Janeiro _ RJ
www.morula.com.br _ contato@morula.com.br
/morulaeditorial /morula_editorial

AFROESPECULAÇÕES

CONSTRUINDO OUTRAS NARRATIVAS ENTRE ARTE E VIDA

GUILHERME MARCONDES

"EMI FÉ È" #1 e #2 são duas pinturas da artista Kika Carvalho que, juntas, formam um díptico. A expressão em iorubá "*emi fé è*" em português significa "eu te amo", título apropriado ao trabalho de Carvalho, visto que suas telas, realizadas em diálogo com o livro "Um defeito de cor", de Ana Maria Gonçalves, buscam evidenciar outras possibilidades de vida para pessoas negras, especialmente mulheres negras na sociedade brasileira. No Brasil do século XXI, a ficção racial iniciada com a colonização do país ainda tem como efeitos o desempoderamento e a depauperação de pessoas negras. Portanto, ao encontrar o díptico de Carvalho na exposição "Um defeito de cor", que esteve em cartaz no Museu de Arte do Rio (MAR), vemos a afroespeculação como forma de recontar a história nacional e projetar outros futuros para pessoas negras sendo colocada em ação.

Kika Carvalho, nascida no Espírito Santo, faz parte de uma geração de artistas que são pessoas racializadas (como negras, pardas e indígenas) e têm contribuído para o desmantelamento da lógica colonial ainda presente nos processos envolvendo a legitimação de artistas e trabalhos de arte. O díptico produzido por Carvalho, intitulado "Emi fé è" #1 e #2, esteve presente na exposição "Um defeito de cor", apresentada no Museu de Arte do Rio (MAR) entre setembro de 2022 e agosto de 2023. A mostra propiciou uma revisão historiográfica da escravidão, abordando lutas, contextos sociais e culturais do século XIX, sendo uma interpretação do livro de mesmo nome da escritora Ana Maria Gonçalves, que conta a história da personagem Kehinde, que, no Brasil, precisa lutar por sua liberdade e reconstruir sua vida. A exposição contou com a curadoria de Amanda Bonan, Marcelo Campos e a própria Ana Maria Gonçalves, exibindo ao público do museu cerca de 400 obras de arte, em seus múltiplos meios, divididas em 10 núcleos que buscavam espelhar os 10 capítulos do livro de Gonçalves[1].

Meu contato com esse trabalho de Kika Carvalho, no entanto, precede minha visita à exposição no MAR. Deu-se de fato quando a artista em uma rede social postou[2] as telas juntamente com um texto em que tratava do convite para fazer parte dos(as/es) cerca de 100 artistas convidados(as/es) para a mostra. Na postagem em questão, ela revela seu encontro com a literatura de Ana Maria Gonçalves e de sua inspiração para o díptico em questão, encontrada em duas personagens do livro, as gêmeas Kehinde e Taiwo. Aqui, todavia, não será abordada a exposição nem o livro de Gonçalves, lançado em 2006 e vencedor do prêmio literário *Casa de las Américas* em 2007. As duas telas de

1 Informações encontradas no site do MAR. Disponível em: https://museudeartedorio.org.br/programacao/um-defeito-de-cor/. Acesso em 1º de fevereiro de 2023.

2 Disponível em: https://www.instagram.com/p/CinSShuLgHW/. Acesso em 1º de fevereiro de 2023.

Kika Carvalho é que serão foco da análise que se segue. O objetivo é, mesmo levando em consideração o contexto de produção e de exibição das telas, concentrar-me nas duas imagens em busca de uma contextualização étnico-racial a partir do campo da arte brasileira por meio de um exercício de "afroespeculação", termo guarda-chuva aqui utilizado para abarcar perspectivas como o "afrofuturismo" e a "afrofabulação".

Tendo trabalhado como arte educador por alguns anos, perdi as contas de quantas vezes mediando exposições para diferentes grupos me vi sendo questionado sobre as intenções de algum(a/e) artista. No caso de Carvalho, basta irmos à sua postagem sobre as telas em questão e ali descobriremos suas inspirações para as duas telas acima. Entretanto, aqui, não adentrarei, como dito, no livro de Gonçalves. Quero, a partir das telas de Carvalho, propor um outro percurso. Aquele bem comum quando vamos a exposições de arte e não sabemos, especialmente quando o assunto é a arte contemporânea, o que encontraremos. Visto que com o advento da arte contemporânea nos anos de 1960 temos uma expansão das possibilidades do que pode ser entendido como arte e não apenas objetos, comumente pinturas e esculturas, mas também ações, performances, instalações e toda sorte de meios possíveis à imaginação de artistas.

Nesse sentido, sigamos aqui com foco nas duas imagens, que podem ser duas crianças, duas adolescentes ou, ainda, duas mulheres adultas. Sua racialidade sabemos: são negras. O azul de Carvalho, em suas diferentes tonalidades, traz o aspecto da "negridade"[3] da tez às telas. Ambas têm seus cabelos trançados e o que diferencia seus penteados é a coloração das conchas em seus cabelos, uma em tom de amarelo e outra em marrom. Poderiam ser irmãs, primas, mãe e filha, ou apenas amigas. Deixaremos esse espaço em aberto. Afinal, embora os discursos sobre os trabalhos de arte sejam uma parte importante da legitimação artística (Heinich, 2014; Marcondes, 2021), proponho que vejamos as telas de Kika Carvalho especulando outros discursos. E o propósito disso é debatermos a ideia de "afroespeculação", mais bem explicitada no item dois do texto, mas que, brevemente, diz respeito ao ato especulativo e ficcional por meio do qual artistas e intelectuais negros(as/es) têm imaginado outras possibilidades de vida para corpos negros. Essas narrativas se afastam das violências coloniais, muitas vezes figurando sonhos e perspectivas

---

3 Em vez de utilizar o conceito de "negritude", que demarca o movimento de afirmação racial dos movimentos negros brasileiros, utilizo "negridade" como substantivo, a fim de caracterizar as nuances fenotípicas das pessoas negras.

de futuro que escapam às leituras coloniais de mundo. E, nesse caso, Carvalho, ao fabular com as duas personagens do livro de Gonçalves, está, como quero propor, "afroespeculando" perspectivas de vida e futuro, com as personagens de seu díptico de costas ao público mirando o infinito azul de possibilidades.

Estima-se que a atual cidade do Rio de Janeiro tenha recebido, durante o período colonial, cerca de 2,6 milhões de pessoas escravizadas vindas de África (França, 2015). Seu principal porto à época, o Cais do Valongo, foi a porta de entrada para a efetivação do suplício de pessoas negras tratadas como menos-que-humanas. Essa região localizada no Centro da cidade encontrou, no entanto, sua decadência econômica e infraestrutural, sendo das últimas décadas o início de sua revitalização. Foi um processo conturbado que contou com protestos, inclusive, em relação à construção dos dois equipamento museológicos hoje ocupantes da localidade, o MAR e o Museu do Amanhã. Projetos de revitalização da área são históricos, como demonstra Geane Rocha (2020) em sua dissertação de mestrado. Porém, em anos mais recentes temos visto que o projeto mais atual de revitalização da Zona Portuária do Rio de Janeiro vem de fato alterando a circulação na região[4] (Barbosa; Landim, 2022), o que se dá, em grande medida, pela construção de equipamentos culturais. Conforme Sabrina Parracho Marques Sant'anna:

> Ainda que desde meados dos anos 1980 as sucessivas prefeituras da cidade tenham se debruçado sobre a Zona Portuária do Rio de Janeiro e construído um diagnóstico de decadência do Porto e necessidade de revitalização, é em princípios dos anos 2000 que o atual projeto parece começar a tomar a forma que atinge seu apogeu em 2016, quando da realização do projeto olímpico carioca. Se, há cerca de três décadas, planejadores urbanos do Rio de Janeiro já vinham se debruçando sobre o potencial turístico da patrimonialização arquitetônica e seu uso para fins de polos de interesse cultural, o ano 2000 marca o início de um investimento mais claro na construção de museus como centros catalizadores de vida social (Sant'anna, 2019, p. 113).

---

4 O Largo de São Francisco da Prainha, localizado na zona portuária do Rio de Janeiro, próximo ao MAR e ao Museu do Amanhã, bem como ao Cais do Valongo e à Pedra do Sal (berço do samba carioca), passou a ser destacado como um dos principais pontos turísticos da cidade.

Esse projeto, de acordo com a socióloga, se relaciona com o fenômeno de multiplicação de museus e centros culturais ao redor do mundo, o qual tem contribuído não apenas para a construção do *status* de cidade globalizada, perseguido pelo Rio de Janeiro, mas também para alterar discursos e narrativas artísticas, introduzindo novos paradigmas. Esse é o caso do MAR, museu que, se enfrentou protestos contra sua construção, vem se tornando um espaço de enorme frequentação ao público internacional, mas também local, tendo sido defendido contando manifestações, em 2019, contra o seu sucateamento durante a gestão do então prefeito Marcelo Crivella (2017-2020).

Ademais, como demonstrou Geane Rocha (2020), a construção do MAR contribuiu para que o debate acerca da Pequena África, como também é chamada a Zona Portuária da cidade do Rio de Janeiro, adentrasse a instituição. Isso se dá em um momento em que o campo da arte brasileira se abre cada vez mais às narrativas e aos discursos de artistas racializados(as/es) como negros(as/es) e indígenas que vêm, especialmente a partir da última década, contestando com maior visibilidade os apagamentos em relação a sua produção artística, contestando, nesse sentido, os processos de legitimação do campo da arte e os pressionando em busca de mudanças capazes de permitir a corpos negros e indígenas adentrarem as instituições de arte não apenas como temática, como registrado na história oficial da arte brasileira (Marcondes, 2020). Pleiteiam, assim, que a produção de artistas negros(as/es) e indígenas, com suas narrativas étnico-raciais, mas também acerca de outros marcadores sociais da diferença, bem como sobre questões estéticas estejam nas coleções públicas e igualmente nas privadas.

É nesse contexto, outrora fundamental à colonização no Brasil, que se insere o museu em que esteve exposto o díptico de Kika Carvalho, em momento fulcral de revisão histórica acerca das questões raciais não apenas no universo da arte brasileira. Assim, o objetivo deste ensaio é retomar o campo da arte como criador e divulgador de "ficções raciais" que contribuíram com a empreitada colonial. Dessa maneira, será possível adentrarmos nos debates étnico-raciais que tomam essas terras chamadas de Brasil. Ou seja, tendo o díptico de Carvalho como fio condutor será possível debater a partir do campo da arte as questões étnico-raciais no Brasil, no que diz respeito ao campo em específico, mas também em relação à sociedade envolvente. Ademais, como dito, por meio das telas de Carvalho será possível debater a ideia de "afroespeculação", tão presente na produção artística contemporânea.

O texto está dividido em três partes. Na primeira, as ficções coloniais serão alvo de investigação, isto para seguirmos um caminho cronológico, o qual tornará mais nítida a importância das telas de Carvalho. Na parte seguinte, adentraremos na ideia de "afroespeculação" para, desse modo, na terceira parte, retornarmos ao díptico de Kika Carvalho como mote para um exercício de "afroespeculação", por meio do qual se tornarão evidentes os debates étnico-raciais atualmente estabelecidos no campo da arte brasileira.

ARTE, COLONIALIDADE E FICÇÕES RACIAIS

> **"FICÇÃO"**
>
> [Do lat. *ficitione*, pelo fr. *fiction*]
>
> Substantivo feminino.
>
> Ato ou efeito de fingir, de simular uma intenção ou sentimento; falsidade.
>
> Criação da imaginação, invenção fabulosa, opõe-se ao que é real; fantasia.
>
> [ARTES] Criação artística que se pauta em elementos ou personagens irreais, frutos da imaginação.

> [LITERATURA] Literatura de ficção, a novelística (narrativa, lírica ou teatral)[5].

Antes de seguir com uma análise do díptico de Kika Carvalho, é fundamental entendermos o contexto em que seu trabalho se insere. Se na Introdução trouxe o contexto em que suas telas foram elaboradas e exibidas, neste item objetivo apresentar o contexto étnico-racial brasileiro em que a artista faz parte de uma geração que vêm contestando os cânones da arte com uma visibilidade nunca antes vista na história nacional[6]. Destarte, o objetivo é tornar nítida a ficção racial constituída em tempos coloniais.

O século XVI mudou definitivamente o curso da história humana. É nele que começa o empreendimento colonial no chamado "Novo Mundo". As ditas grandes navegações, que dão as tintas ao período, foram responsáveis por incrementar a comunicação intercontinental por meio do tráfico de pessoas negras de África para serem escravizadas e depauperadas em virtude da colonização

---

5 Definição do Dicio: Dicionário Online de Português. Disponível em: https://www.dicio.com.br/ficcao/. Acesso em 2 de fevereiro de 2023.

6 Basta notarmos que, nos últimos anos, é inegável o crescimento de exposições acerca da produção de pessoas negras, bem como exposições contando com negros(as/es) entre os(as/es) artistas convidados(as/es).

do continente americano, que teve ainda suas populações originais sendo igualmente forçadas ao trabalho, com roubo de suas terras e assassínio de inúmeras de suas populações, em termos físicos e simbólicos. Mas fato é que, além da/com a constituição do colonialismo, os 1500 assistiram também o estabelecimento de paradigmas artísticos com, por exemplo, a publicação do livro "Vida dos artistas", de Giorgio Vasari (1550), acerca do papel e da produção dos grandes nomes do Renascimento, escrito esse que estabelecerá importantes cânones para a área, definindo o que seria a profissão de artista. Assim, conforme Igor Simões, curador e docente, em "Notas, fragmentos, visibilidades e encontros para histórias negras da arte":

> Arte é criação humana? Quem é humano para a história da arte? Vasari escreveu em 1550. Vasari inventou a figura italiana de alcance universal do artista e começava a forjar aquilo que seria o historiador da arte. Em 1550, atracavam nas Américas, singrando o Atlântico, os primeiros navios que traziam homens e mulheres desumanizados pelo colonizador e coisificados para o seu uso. (...) O continente europeu fundou a história da arte ao mesmo tempo que inventava um mundo que só passou a existir quando

> enquadrado sob suas lentes. Lentes de desumanizar outro. O outro era a atração pelo seu caráter de diferença. A história da arte europeia é contemporânea. Contemporânea à ideia de desumanizar quem não é espelho (Simões, 2018, pp. 29-30).

Desse modo, é fundamental a percepção de que o universo artístico teve importante papel no processo de constituição e estabelecimento do colonialismo. Se no continente americano pessoas foram escravizadas, depauperadas e dizimadas, em grande medida o campo da arte teve um papel nevrálgico na construção da "outridade", que diz respeito ao entendimento de que pessoas racializadas ocupam um lugar de "outro(a/e)" de pessoas brancas, essas responsáveis por conquistar e civilizar o globo (Kilomba, 2019). Exemplar, nesse sentido, são as narrativas pornotrópicas, que navegaram pelo globo em tempos de invasão colonial e são histórias, presentes, por exemplo, na literatura e nas artes visuais e que retratam as mulheres colonizadas e racializadas como bestializadas e sexualizadas em excesso (McClintock, 2010[1995], p. 45). O projeto colonial se deu, portanto, também através e por meio do universo artístico com a representação ficcional acerca das populações colonizadas. Representar os ditos "outros" virou especialidade dos invasores, construindo suas ficções em prol da dominação de corpos, terras e do capital produzido por meio da exploração colonial.

Destarte, com as navegações que inauguram o colonialismo, temos a fermentação do que se compreende como modernidade. O pensamento moderno ocidental, investigado por Denise Ferreira da Silva (2019), é alicerçado pelas ideologias raciais que têm, conforme quero argumentar, no campo da arte um de seus maiores aliados. Ferreira da Silva propõe, então, que se compreenda na gênese da constituição do pensamento moderno, em seus pilares ontológicos e epistemológicos, a semente que encontrará no racismo uma das vias mais fundamentais de pensamento, capaz de contribuir, inclusive, para que a escravidão pudesse ocorrer em um mundo que se queria projetar como iluminado e humanista. Entretanto, o humanismo europeu deixou de fora do baile da humanidade uma série de grupos compreendidos como menos-que-humanos, como incivilizados, como bestializados, constituindo uma sub-humanidade (Krenak, 2020).

Além da arte, no entanto, outras searas do pensamento, como a sociologia, estão embebidas do pensamento moderno e contribuíram para sua consolidação, tendo como base a ficção racial responsável pela escravização. É comum narrarmos o processo de constituição da sociologia como ciência a partir da constituição da modernidade, do processo de industrialização e a construção do sistema capitalista de produção. Afinal, aqueles autores tomados como pais fundadores da disciplina, nomeadamente Karl Marx, Émile Durkheim e Max Weber, se voltaram às transformações desse novo sistema econômico e de vida societária, investigando fundamentalmente a relação entre indivíduo e sociedade. A disciplina aporta no Brasil em fins do século XIX por meio do trabalho de Auguste Comte e seu positivismo até hoje representado na bandeira nacional.

De fato, não é um exagero dizer que o campo das relações étnico-raciais é fundante da sociologia no país. A integração das diferentes raças e etnias vêm ocupando o pensamento social brasileiro preponderantemente (Chor Maio, 2000). Efetivamente, em tempos de nascimento da sociologia no país tivemos um paradigma composto por teorias influenciadas por um debate biológico (Campos; Gomes, 2016) e por teorias europeias que compreendiam, como vimos, as populações racializadas, como as negras e as indígenas, como menos civilizadas e, por isso, passíveis de serem dominadas, ou ainda, merecedoras de sua dominação em prol de sua propalada evolução social.

Nesse contexto, a criação da ideia fictícia de "raça" serviu para autorizar os tais homens brancos europeus, os que se autoconstruíram como humanos, a sequestrarem, escravizarem, marginalizarem e estigmatizarem pessoas que não se assemelhavam a eles próprios. Como definiu Achille Mbembe (2018), a partir da criação de uma "necropolítica" pautada na ideia de "raça", o branco se tornou o modelo moderno e universal de ser humano. Assim, entendo a "raça" como uma tecnologia do conhecimento criada por brancos, a fim de explorar os recursos naturais e os(as/es) ditos(as/es) "outros(as/es)" em seu benefício.

Cabe, dessa maneira, voltarmos à constituição da modernidade para entendermos como as relações raciais eram naquele momento interpretadas. Para isso, é interessante ter como suporte o trabalho de Lilia Schwarcz (1993), em seu livro "O espetáculo das raças", em que a autora retoma o contexto entre os anos de 1870 e 1930, de constituição da modernidade brasileira. O livro apresenta como o argumento racial foi política e historicamente construído, assim como o conceito "raça", que, além de sua definição biológica, acabou recebendo uma interpretação sobretudo social. Desse modo, para a autora, estudar como essas teorias raciais foram absorvidas no Brasil torna-se necessário para refletirmos sobre a originalidade do pensamento racial brasileiro na tentativa de conformação do modelo europeu no período oitocentista, tendo em vista o ideal de modernização e civilização.

As teorias raciais chegaram ao país e foram acolhidas pela elite intelectual nacional por meio dos diversos espaços formais de ensino e pesquisa então vigentes. Esses intelectuais, que Schwarcz chama de "homens de ciência", ficaram incumbidos de pensar a nação e criar uma identidade para o Brasil, identidade essa diretamente ligada aos modelos europeus de civilidade e intelectualidade. Ou seja, esses homens buscavam o progresso científico do país por meio de teorias estrangeiras, as quais tinham em seu cerne uma divisão racial do mundo.

Destarte, Schwarcz desvela como no Brasil, o evolucionismo, o positivismo e o naturalismo começaram a se difundir a partir dos anos de 1870, em que as teorias raciais europeias passaram por adequações, sendo contextualizadas à situação política e social brasileira. Essa adaptação foi encampada pelos intelectuais da época, que se apropriavam do que imaginavam combinar com o país e descartaram o que consideravam problemático para a nação, estabelecendo critérios diferenciadores de cidadania e civilidade que legitimaram as distinções sociais pautando-se em diferenças raciais. A autora demonstra, então, como mesmo que chegando tardiamente ao Brasil, as teorias raciais europeias, embasadas em teorias tomadas de empréstimo da biologia, foram um sucesso, por meio do qual se justificaram as desigualdades sociais.

Como argumenta ainda Schwarcz, nesse contexto de modernização do Brasil de final do século XIX, em que teremos a introdução da sociologia no país, o liberalismo e o racismo eram os dois grandes modelos teóricos de maior sucesso. No caso do liberalismo, fundava-se no indivíduo e em sua responsabilidade pessoal; já no caso do racismo, retirava a atenção colocada no sujeito para centrá-la na dada ao grupo, entendido como resultado de uma estrutura biológica singular. São dois modelos, que como podemos ver e destaca autora, contraditórios entre si, mas que andaram lado a lado, constituindo o terreno em que se modernizou a sociedade brasileira.

A sociologia e a arte fundamentadas a partir do modelo moderno de pensamento são, nesse sentido, caudatárias da ficção racial da modernidade. E, no que diz respeito à população negra e seus descendentes, é fundamental dizer que os preconceitos vivenciados por essa população inicialmente decorreram da hierarquização dos seres humanos pelo clima e pela cultura, além dos preconceitos decorrentes das mencionadas doutrinas de superioridade racial, que se desenvolveram no século XIX. Dessa forma, cabe rememorar que ao se deparar com os negros da África, a Europa já era uma sociedade que, há séculos, praticava a escravidão ou servidão de povos conquistados. E, como relembra Antonio Sérgio Alfredo Guimarães (2008), há uma tradição religiosa, cristã, que definirá alguns povos como descendentes de Cam, filho de Noé, que teria sido amaldiçoado por seu pai. Assim, com algumas alterações em textos bíblicos ao longo dos séculos, foi sendo atribuída a cor negra àqueles que seriam filhos de Cam, povo que seria amaldiçoado, justificando, dessa forma, sua subalternização.

A ficção racial fermentada a partir da dita descoberta do novo mundo contou, portanto, com o suporte em diferentes áreas da vida social, tanto por meio do Estado, quanto das disciplinas entendidas como superiores e científicas, bem como teve suporte imagético produzido pelo campo da arte em suas diferentes áreas e, igualmente, no campo religioso. Entretanto, se o racismo científico aportou no Brasil no século XIX e fez sua morada, é possível dizer, concordando com Carlos Hasenbalg (1982), que é com o pensamento de Gilberto Freyre que o país ganhará, na década de 1930, a constituição de um novo paradigma sociológico acerca das relações raciais, por meio do qual se tem a "mais formidável arma ideológica contra o negro" (Hasenbalg, 1982).

Freyre (1933), em “Casa grande & senzala”, inspirado no legado teórico do antropólogo Franz Boas, buscou separar as noções de raça e de cultura. Afinal, o debate sobre a mestiçagem estava marcado, à época, como um problema: “ora implicava esterilidade ¾ biológica e cultural ¾, inviabilizando assim o desenvolvimento nacional, ora retardava o completo domínio da raça branca, dificultando o acesso do Brasil aos valores da civilização ocidental” (Araújo, 2009, p. 200). Desse modo, o debate moderno na sociologia brasileira visando a modernização do país tinha na questão racial um problema, posto que as racialidades consideradas inferiores impediriam essa modernização. Todavia, Freyre se insere no debate moderno e faz um elogio à miscigenação brasileira, cabendo brevemente tratar de seu trabalho. Embora não seja o responsável por cunhar a expressão “democracia racial”[7], é por meio de seu trabalho que ela se popularizará. Mas fato é que em seu viés culturalista de elogio à miscigenação, Freyre produz argumentos que negam a existência do racismo na sociedade brasileira, como se essa fosse uma espécie de paraíso racial, entendimento que cairá por terra com os

7 Ver: Antonio Sérgio Guimarães (2019), que revisita o histórico da expressão.

trabalhos de autores como Florestan Fernandes (1965) e Abdias Nascimento (1978), visto que esses denunciaram como mito a harmonia racial implícita na expressão "democracia racial".

Entretanto, apesar das denúncias contrárias ao entendimento do Brasil como uma "democracia racial", esse pensamento ainda se faz presente. Exemplos não faltam, sobretudo nos anos de 2010 e 2020, quando o país teve um avanço de discursos da extrema direita que pautam um projeto de sociedade ainda refletindo padrões coloniais de pensamento. Entre esses exemplos, cabe lembrar de quando o ex-vice-presidente do país, o militar Hamilton Mourão, comparou a questão racial no Brasil com a dos EUA, negando a existência de racismo em seu país (Mazui, 2020), demonstrando, assim, desconhecimento acerca do que seja o racismo e, em especial, o racismo à brasileira, aquele que nega o racismo enquanto o coloca em prática cotidianamente.

Muito embora a ficção racial brasileira proposta por Gilberto Freyre siga sendo colocada em prática, há décadas a população negra vêm denunciando o racismo em busca de um novo projeto de sociedade. Segundo Antonio Sérgio Alfredo Guimarães (2008), nos anos 1920 encontramos aqueles considerados pioneiros dos movimentos negros atuais referindo-se a si mesmos e construindo certa identidade social a partir de vocábulos, conceitos e ideias legados do passado e revendo seus sentidos. E cabe também destacar o papel da imprensa negra em inícios do século XX que buscou desmantelar a posição subalterna das pessoas negras na sociedade brasileira, como igualmente argumenta Guimarães e temos presente no trabalho de Virginia Leone Bicudo (2010[1945]). Pode-se ainda, para ficarmos apenas na primeira metade do século XX, mencionar o trabalho de Abdias Nascimento no Teatro Experimental do Negro, nos anos de 1940 (Nascimento, 2004), e as associações negras, como a Frente Negra Brasileira, perseguida pelo governo ditatorial de Getúlio Vargas e pesquisada também por Bicudo (2010[1945]). Fato é que a população negra buscou ativamente desmantelar o projeto de sociedade legado em tempos coloniais. Entretanto, é apenas em anos mais recentes que, após a implementação da Lei nº 12.711, de 2012, a chamada Lei de Cotas[8], que teremos uma transformação mais efetiva no curso do projeto de sociedade brasileiro. Afinal, com as cotas implementadas a demografia racial das principais instituições de ensino superior no país foi alterada,

8 Disponível em: https://www.planalto.gov.br/ccivil_03/_ato2011-2014/2012/lei/l12711.htm. Acesso em 2 de fevereiro de 2023.

com maior presença de pessoas negras e indígenas (Almeida, 2022), que passaram a obter suas formações em instituições de excelência e, dentro e fora das universidades, passaram a contestar o lugar socialmente atribuído a pessoas negras e indígenas no Brasil.

O que se nota, então, no contexto contemporâneo é a busca pela constituição de um projeto societário desatrelado da "colonialidade". A decolonialidade tem como postulado a compreensão de que "a colonialidade é constitutiva da modernidade, e não derivada" (Mignolo, 2005, p. 75). Ou seja, modernidade e "colonialidade" seriam as duas faces da mesma moeda. Graças à "colonialidade", a Europa pôde produzir suas ciências como modelos únicos, universais e objetivos na produção de conhecimentos, além de deserdar todas as epistemologias da periferia do Ocidente. Assim, o processo de classificação racial/étnica, de acordo com Aníbal Quijano (2009), resultou na "colonialidade", que diz respeito à imposição de padrões coloniais na intersubjetividade de indivíduos a longo prazo, ou seja, para além do colonialismo.

É possível, portanto, argumentar que a "colonialidade" presente nas diferentes searas de conhecimento vem sendo alvo de contestações em diferentes campos do pensamento, seja na sociologia ou nas artes visuais. No caso brasileiro, questiona-se o lugar subalterno atribuído às epistemologias negras e indígenas. Com isso, o pleito se dá não apenas em busca de um aumento do número de pessoas negras e indígenas na universidade. Objetiva-se, na verdade, uma transformação social que inclui uma revisão das ficções raciais sobre as quais se constituiu o Brasil como um Estado-nação.

Afirmo, então, Kika Carvalho, artista licenciada em artes visuais pela Universidade Federal do Espírito Santo (Ufes) e cujos dípticos serão aqui tomados para análise, faz parte de uma geração de artistas que, como tenho argumentado (Marcondes, 2020; 2022a), vêm contestando as regras que regem o campo da arte, pautando a necessária alteração dos cânones da arte que, até então, beneficiam a legitimação de artistas brancos, sobretudo homens[9]. Nesse sentido, suas denúncias não recaem apenas no mundo da arte em específico, mas tratam da sociedade envolvente em que, ainda hoje, temos mais pessoas negras sendo vítimas de mortes violentas (Ipea,

---

9 Ver Marcondes (2021). Nessa pesquisa de doutorado tornada livro, explicita-se que, no momento de sua realização, a maioria dos artistas selecionados e premiados na amostragem analisada eram homens. O aspecto étnico-racial, entretanto, não foi abordado na pesquisa em questão em virtude de os materiais analisados não trazerem o marcador raça.

2023)[10], ou com pessoas negras recebendo salários mais baixos no mercado de trabalho (Feijó, 2022) ou ainda com casos como o projeto de extermínio da população Yanomami colocado em prática pelo governo de Jair Bolsonaro e Hamilton Mourão (Bridi; Zero, 2023).

Destarte, cabe dizer que o mundo da arte brasileira em grande medida deve seu legado ao colonialismo, visto que é no século XIX que teremos a criação da Academia Imperial de Belas Artes, tendo contado com a atuação de artistas da chamada Missão Francesa ¾ entre eles Jean Baptiste-Debret ¾ para a sua institucionalização e profissionalização nos moldes franceses. Assim, são poucos os nomes de pessoas negras a adentrarem historicamente no panteão de artistas por excelência na arte brasileira. Limitam-se a casos particulares, como Aleijadinho, mas ainda em relação ao Barroco mineiro do século XVIII, e os irmãos Arthur e João Timótheo da Costa, que obtiveram destaque na virada do século XIX para o XX. Efetivamente, creio ser possível dizer que nem mesmo o modernismo brasileiro de 1922, tão celebrado, deixou de contribuir com a "colonialidade" por meio da

---

10 Conferir em "Atlas da Violência". Disponível em: https://www.ipea.gov.br/atlasviolencia/. Acesso em 2 de fevereiro de 2023.

arte, visto que pessoas negras eram poucas entre os(as) artistas modernistas. Dessa maneira, se o projeto modernista visou propor uma arte essencialmente brasileira que retratasse as misturas de seu povo e de sua cultura, ali vemos, como em momentos anteriores da história da arte nacional, uma maioria de pessoas brancas sendo legitimadas no campo da arte ao retratar as populações negras e indígenas. Enquanto isso, artistas negros(as/es) e indígenas ao retratarem a si próprios, bem como suas culturas e dilemas, salvo exceções, não ganharam, historicamente, o mesmo *status* de legitimação no mundo da arte brasileira. Portanto, apenas nas primeiras décadas do século XXI é que vem ganhando visibilidade a contraposição à "colonialidade" na arte, questionada a partir de discursos e narrativas produzidos por artistas indígenas e negros(as/es) de fato legitimados(as/es) pelo campo artístico.

Os pensamentos negros e indígenas em distintos campos do conhecimento têm, desse modo, contestado a "colonialidade" do saber, do ser e do gênero, na medida em que, ao se utilizar as mesmas ciências e mecanismos constituídos com a modernidade, são acionadas "novas" (para os campos do saber estandardizados) questões de trabalho. Seguem, portanto, um caminho traçado por intelectuais como Clóvis Moura (2014[1959]) em seu livro “Rebeliões da senzala: Quilombos, insurreições, guerrilhas”, em que o autor olha, a partir do legado de Karl Marx, para a história colonial brasileira, acessando as mesmas fontes disponíveis para outros intelectuais, compreendendo a luta negra em diferentes frentes que contribuíram para o desmantelamento do regime escravista.

Moura, dessa maneira, subverte uma das piores ideologias contra a população negra brasileira, aquela que ficcionaliza o elemento negro como passivo e masoquista, sendo conveniente com a escravização que lhe atingia. A produção de conhecimento por pessoas racializadas que vêm contestando à “colonialidade” a partir das ciências estabelecidas e para além delas, produzindo diálogos com conhecimentos tomados como periféricos e menores pelo pensamento ancorado na modernidade, vem produzindo novas perguntas e novas respostas às questões sociais, culturais, políticas e econômicas. Assim, dado, resumidamente, este contexto sobre as relações étnico-raciais no Brasil, no item a seguir será importante uma imersão na noção de “afroespeculação”, por meio da qual será possível retornar ao trabalho de Kika Carvalho que é foco deste texto.

AFROESPECULAÇÕES: ROTAS DE FUGA

Apenas meses após a abertura da mostra "Um defeito de cor", já em janeiro de 2023, pude visitar a exposição. Naquele momento, com as múltiplas telas mediando nossa relação com o mundo e as demais atividades da vida, já havia me esquecido da história por trás das de Kika Carvalho. De fato, não me recordava de seu *post*. Sem me recordar, então, do "discurso" sobre a obra, ao encontrar seu díptico em um canto, encontrei a representação de duas mulheres (meninas/adolescentes/adultas) negras mirando o horizonte, o que me levou de imediato ao texto de Saidiya Hartman (2020), "Vênus em dois atos". A escritora e professora de literatura comparada na Universidade Columbia questiona: "Como se revisita a cena de sujeição sem replicar a gramática da violência?" (Hartman, 2020, p. 18).

Dessa maneira, reflete sobre as evocações da escravidão em arquivos, tratando do caso de duas jovens chamadas de Vênus, um nome comum no mundo colonial, para se referir a mulheres negras, mesmo que esse não fosse o nome delas. É interessante remontar suas argumentações, especialmente quando pontua que sobre as Vênus negras do mundo colonial seria quase impossível remontar suas histórias, as quais seguem contando, efetivamente, episódios de violência racial e de gênero. Destarte, Hartman ao falar da impossibilidade de narrar tais histórias sem mencionar a violência, especula sobre modos de narrar tais histórias que não cometam mais violências contra quem se fala. A reparação de tais histórias e a dignidade de tais personagens não sai, portanto, da mira da autora, que levanta questionamentos que nos levam a imaginar outras histórias e imagens possíveis para as diferentes Vênus negras do mundo colonial.

Ainda conforme Saidyia Hartman, "o arquivo da escravidão repousa sobre uma violência fundadora. Essa violência determina, regula e organiza os tipos de afirmações que podem ser formuladas sobre a escravidão e também cria sujeitos e objetos de poder" (Hartman, 2020, p. 27). Em seu artigo, a autora trata de duas moças mortas a bordo de um navio colonial, mas dentre as quais apenas uma teve o assassinato julgado. A outra Vênus foi apenas brevemente mencionada no julgamento do capitão do navio. Sobre ambas, no entanto, quase não há informações, ou seja, acerca de suas vidas nada se sabe, apenas sobre suas mortes. E, como argumenta Hartman, sabe-se das informações que autorizaram suas mortes, sendo o restante composto de ficções acerca daquelas mulheres. Desse modo, para a autora, o arquivo está permeado do jogo de poder, que inclui a raça e o gênero como importantes elementos, e que autorizou os assassinatos das Vênus e a exoneração do capitão do navio.

A partir desse seu encontro com o arquivo e as fragmentadas histórias de Vênus, Hartman busca extrapolar os limites do arquivo colonial constituído em acordo com as violências raciais e de gênero praticadas com o colonialismo. Assim, propõe como método o que chama de “fabulação crítica”:

> A intenção aqui não é tão miraculosa como recuperar as vidas das pessoas escravizadas ou redimir os mortos, mas em vez disso trabalhar para pintar o quadro mais completo possível das vidas de cativos e cativas. Este gesto duplo pode ser descrito como um esforço contra os limites do arquivo para escrever uma História cultural do cativeiro e, ao mesmo tempo, uma encenação da impossibilidade de representar as vidas dos cativos e cativas precisamente por meio do processo de narração (Hartman, 2018, p. 28).

Com essa proposição, Hartman trata das impossibilidades do arquivo para narrar vidas fora do espectro de morte física e social. Todavia, apesar das impossibilidades, Hartman anima a possibilidade de narrar contra-histórias que, mesmo sendo falhas, não deixam de ser um esforço de constituição de outras possibilidades de vida. Isso indica, por conseguinte, a especulação como técnica para lidar com vidas que o projeto colonial, ainda em curso com as distintas "colonialidades", toma como descartáveis, depauperáveis, assassináveis, violáveis, ou seja, menos que humanas. Ao sugerir a fuga da prisão colonial presente em diferentes campos da vida, o exercício especulativo atuante na "fabulação crítica" de Hartman propicia que imaginemos vidas negras de outros modos, traçando perguntas que busquem sair do sempre-já" da escravização.

A especulação como prática e método de fazer conhecer outras narrativas sobre vidas negras extrapola a proposição de Saidyia Hartman. Está presente, por exemplo, no "afrofuturismo" e na "afrofabulação".

O primeiro termo foi empregado pela primeira vez pelo crítico cultural Mark Dery (1994) no ensaio "*Black to The Future*". Nesse texto, Dery trata dos afro-americanos como descendentes de extraterrestres abduzidos e definirá o "afrofuturismo":

> [Trata-se da] ficção especulativa que trata de temas afro-americanos e aborda as preocupações afro-americanas no contexto da tecnocultura do século XX – e, de forma mais geral, a significação afro-americana que se apropria de imagens

> de tecnologia e de um futuro protético aprimorado – pode, na falta de um termo melhor, ser chamado de "afrofuturismo". A noção de afrofuturismo dá origem a uma antinomia preocupante: pode uma comunidade cujo passado foi deliberadamente apagado e cujas energias foram posteriormente consumidas pela busca de vestígios legíveis da história, imaginar um futuro possível? (Dery, 1994, p. 180, tradução livre).

Já o segundo termo é uma proposição de Tavia Nyong'o (2018) em "Afro-Fabulations: The Queer Drama of Black Life", em que o autor analisa o cinema e as artes visuais, com atenção especial à performance. Assim, a partir de um olhar que reúne as perspectivas negra e *queer*, Nyong'o traz sua proposição acerca da "afrofabulação", que, de acordo com o autor, se aproxima, mas também se afasta das propostas "afrofuturistas". No entanto, como nesta perspectiva, e como quero argumentar, o ponto de encontro dessas perspectivas está, em grande medida, no ato "afroespeculativo".

Essas perspectivas teórico-metodológicas visam, de diferentes modos, extrapolar os limites das ficções raciais estabelecidas em tempos coloniais e que limitam as vidas negras às possibilidades que lhes foram imaginadas a partir do colonialismo. Aqui não busco um debate a fim de diferenciar cada uma dessas perspectivas. Isso já foi feito[11]. Minha proposta é que vejamos o que há de comum nessas proposições que chamo de "afroespeculativas". Isso porque, ao olharem para as vidas negras conforme fabuladas pelas ficções raciais de autores(as/us) e artistas negros(as/es) têm disputado com os saberes já constituídos e estabelecidos como verdades, questionando sua veracidade no que toca as vidas negras, rompendo com narrativas que seguem subjugando pessoas negras, atribuindo-lhes lugares subalternos.

Há, destarte, uma disputa em relação ao projeto de sociedade em que a "raça" segue sendo, como o "gênero" e outros marcadores sociais de diferença, um atributo hierarquizante. Sendo uma disputa por projetos societários e pautada em narrativas, o que está em jogo são o passado, o presente e o futuro de pessoas negras. Em tempos coloniais, é possível dizer, as ficções raciais limitavam as vidas negras e fabulavam seu desaparecimento. Exemplar, do caso brasileiro, é a pintura de Modesto Brocos "A redenção de Cam", de 1895, presente na coleção do Museu Nacional de Belas Artes. Na tela de Brocos, temos o que seriam três

11 Para um exemplo do debate entre o "afrofuturismo" e o "afropessimismo", ver Freitas e Messias (2018).

gerações de uma família. Da direita para a esquerda da tela, temos um homem branco sentado na porta de sua casa, com os pés na parte do quintal em que há calçamento em pedras; ao seu lado há uma mulher negra de pele clara com uma criança branca no colo, a qual entendemos como sua e para a qual o homem olha, nos dando o entendimento de sua paternidade. Mais à esquerda, para quem aponta a mulher negra de pele mais clara, temos uma mulher mais velha, negra e retinta, que imaginamos ser a avó da criança. Essa senhora, a única de pé na tela, sob o chão do quintal na parte em que não há calçamento, apenas terra, mira os céus com seus braços em sinal de agradecimento. Rememorando, por meio do trabalho de Antonio Sérgio Guimarães (2008), a história de Cam, filho de Noé, que teve sua descendência amaldiçoada pelo pai, a qual foi, pela narrativa religiosa, propalada como composta das pessoas negras que habitam a terra, ao voltarmos para a tela de Brocos temos o que seria o projeto para a sociedade brasileira na virada do século XIX para o XX: o seu embranquecimento, com o consequente desaparecimento da população negra, como apregoava o paradigma do racismo científico que vigorava no país.

A tela de Brocos, na verdade, retrata o paradigma racista da época, visto que um de seus principais partidários, João Baptista de Lacerda, médico e considerado antropólogo, um dos "homens da ciência" analisados por Schwarcz (1993), foi um dos principais defensores da tese de branqueamento racial da sociedade brasileira. Em 1911, Lacerda participou do Encontro Universal das Raças, em Londres, um congresso reunindo pessoas de diferentes partes do mundo para debater o tema do racialismo e do progresso das civilizações. Nesse congresso, o autor chegou a mencionar a tela de Modesto Brocos como exemplar do projeto de branqueamento do Brasil, tendo defendido a miscigenação como positiva, pois aceleraria o processo de branqueamento da população brasileira. De acordo com Lacerda:

> A seleção sexual contínua aperfeiçoa sempre ao subjugar o atavismo e purga os descendentes de mestiços de todos os traços característicos do negro. Graças a este procedimento de redução étnica, é lógico supor que, no espaço de um novo século, os mestiços desaparecerão do Brasil, fato que coincidirá com a extinção paralela da raça negra entre nós. Depois da abolição, o negro entregue a ele próprio começou por sair dos grandes centros civilizados, sem procurar melhorar, no entanto, sua posição social, fugindo do movimento e do progresso ao qual não poderia se adaptar. Vivendo uma existência quase selvagem, sujeito a todas as causas de destruição,

> sem recursos suficientes para se manter, refratário a qualquer disciplina que seja, o negro se propaga pelas regiões pouco povoadas e tende a desaparecer de nosso território, como uma raça destinada à vida selvagem e rebelde à civilização. A população mista do Brasil deverá então ter, dentro de um século, um aspecto bem diferente do atual. As correntes de imigração europeia, que aumentam a cada dia e em maior grau o elemento branco desta população, terminarão, ao fim de certo tempo, por sufocar os elementos dentro dos quais poderiam persistir ainda alguns traços do negro. O Brasil, então, tornar-se-á um dos principais centros civilizados do mundo; este será o grande mercado da riqueza da América, explorando todas as indústrias, aproveitando todas as facilidades de transporte para o comércio exterior e intracontinental, transbordando uma população ativa, empreendedora, que preencherá as grandes cidades do litoral, e se difundirá em seguida pelas vastas planícies do interior e ao longo dos rios sinuosos da América do Sul (Lacerda, 1911 *apud* Silvério, 2022, p. 42).

Reunindo a tela de Brocos e a medicina combinada à antropologia de Lacerda, temos o pacto ideal, da virada do século XIX para o XX, entre a ciência considerada séria e o trabalho de arte tomado como digno de ser legitimado e preservado. Essa união, consequentemente, nos permite notar como o mundo da arte foi partidário da ficção racial instituída em tempos coloniais e, além disso, nos permite o entendimento de quais sejam as ficções raciais coloniais, possibilitando a compreensão acerca do projeto de sociedade imaginado para pessoas negras mesmo no pós-abolição da escravização no Brasil. No entanto, apesar de Brocos e Lacerda, pautados em uma ficção racial que figurava o desaparecimento da negritude do Brasil, o presente brasileiro é de uma negritude que compõe mais da metade de sua população (Prudente, 2020).

Ao adotar, portanto, uma perspectiva "afroespeculativa", a disputa pela descrição do passado feita a partir do presente busca novos futuros para pessoas imaginadas como menos-que-humanas e fabuladas como destinadas ao desaparecimento. E essas perspectivas "afroespeculativas" têm sido cada vez mais debatidas no campo da arte. No caso brasileiro, especialmente no universo da arte contemporânea e no do cinema[12], mas também no campo sociológico. Nas artes visuais, cada vez mais temos artistas trazendo "afroespeculações" a partir

12 Kênia Freitas (2020) aborda a noção de "afrofabulação" para tratar do cinema brasileiro, trazendo uma interessante análise de como o cinema nacional confinou vidas negras em representações de um regime de verdade que restringe a representação das vidas negras a narrativas de opressão e violência. Freitas analisa, assim, uma produção contemporânea do cinema brasileiro que traz "afroespeculações" rompendo com as ditas narrativas restritivas.

do presente, reinventando o passado coletivo negro com vistas ao futuro. Nesse caso, acredito que o trabalho de Kika Carvalho, aqui analisado, traz o entendimento das inúmeras possibilidades de "afro-especulação". Se tem sido cada vez mais comum vermos representações futurísticas de pessoas negras, temos também artistas como ela, que não necessariamente utiliza elementos indicando o futuro com aparatos tecnológicos, como ficou comum sua representação pela arte. Ao olharmos seu díptico, por conseguinte, não estamos presenciando mulheres negras escravizadas, como é comum das telas do período colonial; ao mesmo tempo também não encontramos mulheres negras representadas como excessivamente sexuais, outro modo comum de representação em diversos museus do país.

Da mesma maneira ainda, não nos deparamos com evocações de violência nas telas do díptico de Kika Carvalho. Temos duas mulheres (crianças/adolescentes/adultas) negras mirando o horizonte, representação comum de futuro. Nesse sentido, há um exercício especulativo duplo da artista: em primeiro lugar, ela toma personagens de um livro e traduz em pintura; em segundo, imagina a vida de mulheres negras fora do espectro da violência (e da pobreza, da escravidão e da sexualização). Produz, assim, um ato profundamente subversivo na mesma medida em que é aparentemente sutil.

Afinal, são apenas duas pessoas de costas olhando para o horizonte. Contudo, num mundo projetado para o desaparecimento de pessoas negras, ter uma mulher negra artista representando duas mulheres negras confrontando o horizonte, ou seja, um possível futuro, é um ato tão escandaloso quanto revolucionário. Carvalho, em entrevista ao Prêmio PIPA[13], por sua indicação à edição 2021, tratará de sua produção como não focalizada em dados sobre violência. Conforme a artista:

> Eu tenho tentado trazer nesses últimos dois, três anos uma produção que não foque nos números a partir da dor, da violência, ou da morte, mas que vai celebrar a vida dessas pessoas. Então, eu tento trazer essas pessoas para o meu universo da pintura, celebrando a nossa vida, a nossa existência e colocando também como "por que não?", né? Como um modo de beleza também, né? Já que a pintura... retrato vem muito disso, historicamente de representar, o que o artista encontra como belo, né? O seu cotidiano, isso está bem presente (Carvalho, 2021).

13 Importante premiação brasileira concentrada na produção de jovens artistas contemporâneos. Esta premiação, por seu papel legitimador no mundo da arte contemporânea brasileira, foi foco de minha pesquisa de doutorado publicada no livro "Procuram-se artistas: Aspectos da legitimação de (jovens) artistas da arte contemporânea" (Marcondes, 2021).

Kika Carvalho representa em suas telas uma perspectiva que rompe com as ficções raciais constituídas com a modernidade. O racismo e seus efeitos são alvo da artista, mas em suas telas o que vemos é uma denúncia feita de modo aparentemente sutil, embora seja de fato escandalosa, posto que especula outras ficções para as vidas negras, subvertendo o imaginário de ficção racial do país, que hierarquiza racialidades em prol da inferiorização daqueles(as/us) compreendidos como "outros(as/es)" das pessoas brancas.

Como mencionado, o exercício "afroespeculativo" também se faz presente no pensamento sociológico contemporâneo. Exemplar, nesse sentido, é o trabalho de Denise Ferreira da Silva. Em sua produção, a socióloga situa a questão negra, recompondo o pensamento filosófico, sociológico e antropológico, a fim de compreender os limites capazes de tornar o mundo criado com a modernidade um "mundo ordenado", no qual o corpo negro, em especial o da mulher negra, é tomado como alvo de violência autorizada. Desse modo, traz a poética "feminista negra" como ferramenta para desmantelamento do mundo ordenado em prol de um "mundo implicado", no qual a "outridade" racial e genderadamente situada não esteja compondo o projeto societário. O "mundo ordenado", para a autora, é aquele constituído pelo pensamento moderno; já o "mundo implicado" parte de sua especulação a partir da noção de *Plennum* e, de acordo com essa proposição, todos os componentes do mundo deveriam ser pensados implicadamente, sem separação, mas como um *corpus infinitum*. Ela derruba, assim, os pilares ontoespistemológicos que sustentam um mundo pautado na diferença como separação[14].

Cabe, dessa forma, rememorar seu artigo "À brasileira: Racialidade e a escrita de um desejo destrutivo" (Ferreira da Silva, 2006), em que a autora investiga o pensamento racial brasileiro, com foco nas teorias de Gilberto Freyre, e faz notar a construção do projeto societário que tem no elemento negro, sobretudo a mulher negra, uma figura escatológica destinada ao desaparecimento. Dirá a autora:

> A estruturação desse exercício de análise crítica mapeia conceitualmente o sujeito do Pós-Iluminismo, o 'eu' transparente, que centraliza sobre as articulações o histórico, o sexual e o racial para escrevê-lo como um produto e instrumento da razão universal. O que o movimento analítico que desenvolvo aqui faz é

---

14 Para uma melhor compreensão dos conceitos de "mundo ordenado e mundo implicado" ver: Ferreira da Silva (2019) e Marcondes (2022b).

> mostrar como, na escrita de Gilberto Freyre sobre a especificidade brasileira, o sexual e o racial, como significantes de regulação - científicos e morais (patriarcais), respectivamente -, produzem a trajetória temporal do sujeito brasileiro (nacional) como um movimento dual de apagamento de 'índios' e 'africanos' e a autoprodução do europeu. Isto é, essa escrita introduz uma articulação de um 'eu' transparente (histórico), no qual tanto as ferramentas da sociologia das relações de raça quanto da antropologia do século XX produzem o sujeito nacional privilegiado (branco/português), e o sujeito social subalterno mestiço que, por incorporar os atributos de 'desaparecimento' do aspecto racial e cultural do 'Outro europeu', emerge como o sujeito de um desejo destrutivo, o agente de sua própria aniquilação. Resumindo, a versão de Freyre sobre a democracia racial exemplifica como as narrativas da nação também desenvolvem os mecanismos políticos/simbólicos da sujeição social (Ferreira da Silva, 2006, p. 62).

Seu trabalho nos permite acessar a gênese do pensamento racial brasileiro, na gramática ficcional da "democracia racial", para fazer notar como o projeto aparentemente democrático efetivamente compactua com o desaparecimento como projeto para vidas negras e indígenas, especialmente se forem mulheres. Nesse sentido, a autora denuncia um projeto de sociedade que visa seu próprio desaparecimento. Há, portanto, um exercício "afroespeculativo" fornecendo questões, metodologias e respostas visando à manutenção de vidas consideradas subalternas em virtude de suas racialidades. Há no trabalho de Ferreira da Silva, quero fazer notar, um exercício "afroespeculativo" interessante. E isso não apenas porque uma das referências utilizadas pela autora para elaborar sua teoria que centraliza as violências raciais ao passo que as extrapola para averiguar outras perguntas e respostas para a questão étnico-racial seja uma outra autora como Octavia Butler, escritora afro-americana de ficção científica que escreveu livros como "A parábola do semeador" (1993), no qual faz justamente esse tipo de raciocínio. Nela, o pensamento que na superfície aparenta democracia é exposto e, à contrapelo, tem seus mecanismos explicitados, produzindo-se uma crítica contundente ao pensamento sociológico das relações étnico-raciais.

O pensamento "afroespeculativo" é, nesse sentido, como quero argumentar, uma forma de subversão em que aqueles(as/us) compreendidos(as/es) como subalternos, menos-que-humanos, outrora compreendidos como "objetos", assumem a posição de "sujeitos" de suas próprias narrativas. De outro modo, os corpos tomados como "objetos" em virtude do colonialismo passam a denunciar desde os diferentes campos de pensamento o racismo constitutivo do projeto de sociedade em curso, assumindo o *status* de "sujeito" e pressionando o projeto societário em busca de sua transformação. Carvalho e Ferreira da Silva exemplificam, em meu entendimento, o tipo de pensamento "afroespeculativo" que denuncia o racismo e a antinegridade ao passo que traça rotas de fuga em que as vidas subalternizadas possam imaginar futuros; especulam, destarte, acerca do fim do mundo como conhecemos, conforme Ferreira da Silva (2019).

UM DESVIO EM AZUL

Façamos agora um breve retorno à história da arte tendo a cor azul em mente. É a cor que simboliza muitas vezes o céu e os mares. Na história da arte, no entanto, ela também significa Yves Klein, artista europeu importante no pós-Segunda Guerra Mundial. Isso porque ele, em 1960, patenteou uma mistura específica de pigmentos gerando a fórmula da *International Blue Klein* ou, como é mormente denominada, azul Klein. A cor azul foi de fato objeto de experimentação na obra de Klein, que, naquele ano, em Paris, levou ao público o trabalho "*Anthropometries of the Blue Epoch*"[15]. Nessa obra, ele aparece diante da plateia vestindo um fraque formal com uma gravata borboleta branca e, enquanto músicos, igualmente trajados com fraques e gravatas, tocavam a sinfonia "*Monotone-Silence*", de sua autoria (e consistia em uma única nota tocada por 20 min, seguido de mais 20 min de silêncio), Klein comanda modelos nuas que se cobrem com tinta azul e imprimem imagens de seus corpos sobre uma tela em branco, atuando como "pincéis vivos", conforme o artista.

O fato de utilizar mulheres como pincéis, apesar das críticas que recebe há décadas, segue um fator que não destituiu o lugar de Yves Klein no mundo da arte. E o azul, do céu e do mar, na história da arte segue, em grande medida, relacionado a Klein. Entretanto, aqui, o azul não será mais Klein, será azul Carvalho.

Em sua mencionada entrevista ao Prêmio PIPA, a artista trata das inspirações para a realização de seus trabalhos e, em dado momento, fala do mar em Vitória (ES), que cerca a cidade e que ela, em suas telas, transporta também para o corpo de

---

15 Disponível em: https://www.youtube.com/watch?v=gqLwA0yinWg. Acesso em 9 de fevereiro de 2023.

seus retratados(as/es). O azul em Carvalho representa, então, a um só tempo, o mar, o horizonte e a pele negra. Esse universo em azul especula outras possibilidades de vida e representação para pessoas negras na sociedade brasileira.

Trata-se do mar azul, tão misterioso quanto fascinante, por onde o tráfico transatlântico de pessoas negras se estabeleceu por séculos. Por isso, é ambiente de medo, simbolizando, algumas vezes, a perspectiva da morte, por ser o caminho para a escravidão e por ter sido cemitério para muitas pessoas que não chegaram ao destino final no continente americano, muitas delas em virtude de assassínios, como aqueles das Vênus de Hartman. É o mar caracterizado como ambiente de perigos e a ser dominado pelos navegadores-algozes. Porém, é o mar que também simboliza no horizonte negro o passado e o futuro. Se, por um lado, pode evocar a escravidão; por outro, é o infinito de possibilidades de futuro, de fuga, é como uma tela a ser desenhada ou uma página a ser escrita. E, nesse sentido, rememora-se o mar como o local de trocas, partilha, do reencontro da diáspora. Lembremos da perspectiva de Paul Gilroy (2001[1993]) e seu "Atlântico negro". Gilroy é contra o essencialismo, o que, no seu caso, redunda em afirmar o caráter híbrido da experiência negra. Tal hibridismo deriva do encontro entre as tradições culturais africanas e europeias no processo de colonização do Novo Mundo, eivado de violência (Gilroy, 2001[1993], pp. 41-71). Destarte, sob a chave da diáspora, Gilroy propõe que possamos: "então ver não a 'raça', e sim formas geopolíticas e geoculturais de vida que são resultantes da interação entre sistemas comunicativos e contextos que elas não só incorporam, mas também modificam e transcendem" (Idem, p. 25).

O "Atlântico negro" como proposto por Gilroy é, dessa forma, mais do que um lugar físico a ser dominado. Extrapola, de tal modo, os sentidos e dá a ver a experiência diaspórica que se interconecta, produzindo conhecimentos a partir de trocas positivas apesar das dores passíveis de evocação pelo mar. Esse oceano da diáspora e da conexão pode ser relacionado ao trabalho de Kika Carvalho, com o azul do mar, o horizonte do desconhecido e do possível, que se faz pele de pessoas desejadas pelo projeto colonial como aniquiladas. Carvalho atua, como quero propor, de dentro da "afroespeculação" e seu azul subverte os sentidos até então cristalizados no campo da arte.

Em termos de marcadores sociais de diferença, relacionando especialmente "raça" e "gênero", como trazido anteriormente por meio do trabalho de Denise Ferreira da Silva (2006; 2019), é fundamental compreender que são as mulheres negras aquelas que o projeto colonial toma como base da pirâmide social. Não à toa, recentemente dados comprovam que apenas 705 mil homens brancos no Brasil contam com renda maior que todas as mulheres negras juntas (Gavras, 2021). O desempoderamento de mulheres negras é um projeto em curso desde sempre. Entretanto, ao retratar duas mulheres (adolescentes/crianças/adultas) negras mirando o horizonte, Carvalho traça outros planos. Em um mundo em que mulheres negras como a artista são tratadas como "outridade", Carvalho toma o espaço de "sujeito" (como Ana Maria Gonçalves, cabe dizer) e nos faz ver duas mulheres (adolescentes/crianças/adultas) negras que podem estar confabulando acerca do futuro. Se o projeto era o apagamento, ele falhou em absoluto.

CONSIDERAÇÕES PARA O FIM (DO MUNDO)

> Que mundo é esse? Eu me pergunto
> (Chega) quero sorrir, mudar de assunto
> Falar de coisa boa mas a minha alma ecoa
> Agora, um grito, eu acredito que você vai gritar junto
>
> Que mundo é esse? Eu me pergunto
> (Chega) quero sorrir, mudar de assunto
> Falar de coisa boa mas a minha alma ecoa
> Agora, um grito, eu acredito que você vai gritar junto (...).
>
> ELZA SOARES, BNEGÃO E PEDRO LOUREIRO, "BLÁ BLÁ BLÁ", 2019[16]

No mundo da ficção racial colonial ainda expressada por meio da "colonialidade" em diferentes esferas da vida social, Elza Soares, uma das mais expressivas cantoras do país, já em sua fase final da vida, lançou "Planeta Fome", álbum cujas músicas

---

16 Cantada por Elza Soares em parceria com BNegão e Pedro Loureiro no álbum da cantora "Planeta Fome" (2019), "Blá blá blá" foi composta por Andre Gomes, Bernardo Santos, Gabriel Contino, Michael Sullivan, Paulo Massadas e Pedro Loureiro. Disponível em: https://www.youtube.com/watch?v=X38V9DKpKcg. Acesso em 9 de fevereiro de 2023.

e linguagem visual expressam um exercício "afro-especulativo", presente, por exemplo, quando abrimos a embalagem e vemos uma foto da cantora vestindo uma roupa preta cheia de alfinetes metálicos e um cabelo descolorido e volumoso, e em cuja parte inferior lemos: "De qual planeta você veio?". Centralizando a questão racial, a voz de Elza Soares se soma a BNegão e Pedro Loureiro em "Blá blá blá", letra, como quero argumentar, "afro-especulativa", que narra um mundo distópico, mas não muito distante da realidade do Brasil atual – com indivíduos que chegam a questionar se a terra é plana, como também narra a música. Realidade e ficção na verdade se entrecruzam nessa canção em que Elza Soares brada pela possibilidade de narrar a experiência negra sem ser apenas a partir da experiência da violência e do sofrimento negro. Todavia, o mundo distópico (não distante do real) é o empecilho, visto que suas normas se forjaram em acordo com o projeto colonial que quer explorar, depauperar, usufruir e destruir vidas negras.

Tal qual Elza Soares e seus parceiros, Kika Carvalho – e ainda Denise Ferreira da Silva e Saidiya Hartman – exerce a afroespeculação como forma de romper com os paradigmas raciais, de gênero e relativos a outros marcadores sociais que contribuem para desempoderar vidas negras. Nesse sentido, Carvalho traz, com seu díptico "Emi fé è" #1 e #2, uma subversão do projeto ficcional de raça e gênero constituído em tempos coloniais e que segue sendo praticado no país. A população imaginada para desaparecer após servir de meio para acumulação de capital não desapareceu, se multiplicou e, como demonstrou Clóvis Moura (2014[1959]) acerca das lutas negras que contribuíram para o fim da escravidão, pessoas negras vêm atuando dentro e fora das universidades, no campo político institucional, bem como nos movimentos sociais, a fim de desmantelar o projeto de sociedade concentrado em sua destruição. Buscam, então, o fim do mundo como um projeto colonial de morte para corpos racializados.

Se, conforme Abdias Nascimento (1978; 1980), o genocídio da população negra brasileira ultrapassa o físico, chegando também ao campo simbólico, visto que as ficções raciais são tratadas como verdades absolutas que contribuem para o extermínio das vidas negras, o que temos contemporaneamente no mundo das artes visuais de que Kika Carvalho faz parte é um movimento de tomada do campo simbólico. Artistas como ela projetam discursos e narrativas centrados na experiência negra no mundo, não necessariamente alocadas na violência antinegra. A história negra até aqui vem sendo, assim, recontada, mas também projetada para o futuro.

REFERÊNCIAS

ALMEIDA, Pauline. *Negros e pardos em universidades federais passam de 41% para 52% em dez anos:* mudança na composição da população estudantil aconteceu após aprovação da Lei de Cotas, que completa uma década nesta segunda-feira. CNN, Rio de Janeiro, 29/08/2022, disponível (on-line) em: https://www.cnnbrasil.com.br/nacional/negros-e-pardos-em-universidades-federais-passam-de-41-para-52-em-dez-anos/. Acesso em 3 de fevereiro de 2023.

ARAÚJO, Ricardo Benzaquen. Chuvas de verão: Antagonismos em equilíbrio em Casa grande & senzala de Gilberto Freyre. In: SCHWARCZ, Lilia; BOTELHO, André. (org.). *Um enigma chamado Brasil:* 29 intérpretes e um país. São Paulo: Companhia das Letras, pp. 198-211, 2009.

BARBOSA, Carolina; LANDIM, Pedro. *Porque o Largo da Prainha tem dado o que falar:* Destaque em roteiros internacionais, a histórica região se revigora e atrai gente de todas as tribos e nacionalidades. Rio de Janeiro: Veja Rio, 21/02/2022, disponível (on-line) em: https://vejario.abril.com.br/cidade/largo-da-prainha/. Acesso em 1º de fevereiro de 2023.

BRIDI, Sônia; ZERO, Paulo. *Malária, pneumonia, desnutrição, contaminação por mercúrio:* Fantástico mostra a tragédia humanitária na Terra Indígena Yanomami. Fantástico, Rio de Janeiro, 29/01/2023, disponível (on-line) em: https://g1.globo.com/fantastico/noticia/2023/01/29/malaria-pneumonia-desnutricao-contaminacao-por-mercurio-fantastico-mostra-a-tragedia-humanitaria-na-terra-indigena-yanomami.ghtml. Acesso em 2 de fevereiro de 2023.

CAMPOS, Luiz Augusto; GOMES, Ingrid. *Relações raciais no Brasil contemporâneo:* Uma análise preliminar da produção em artigos acadêmicos dos últimos vinte anos (1994-2013). Sinais Sociais, v. 11, n. 32, pp. 85-116, 2016.

CARVALHO, Kika. *Entrevista ao Prêmio PIPA - Edição 2021*. Prêmio PIPA, Rio de Janeiro, disponível (on-line) em: https://www.premiopipa.com/kika-carvalho/. Acesso em 8 de fevereiro de 2023.

DERY, Mark. Black to the Future: Interviews with Samuel R. Delany, Greg Tate and Tricia Rose. In: DERY, Mark. *Flame Wars: The Discourse of Cyberculture*. Durham: Duke University Press. 1994.

FEIJÓ, Janaína. *Negros ainda são maioria com rendimento até 2 salários mínimos:* Pretos e pardos ainda são maioria entre os desalentados, desempregados e informais. 61,3% dos trabalhadores que ganham até dois salários-mínimos são pretos e pardos. Portal FGV, disponível (on-line) em: https://portal.fgv.br/artigos/negros-ainda-sao-maioria-rendimento-ate-2-salarios-minimos. Acesso em 2 de fevereiro de 2023.

FERREIRA DA SILVA, Denise. *À brasileira: Racialidade e a escrita de um desejo destrutivo*. Revista Estudos Feministas, v. 14, n. 1, pp. 61-83, 2006.

FERREIRA DA SILVA, Denise. *A dívida impagável*. São Paulo: Casa do Povo, 2019.

FERNANDES, Florestan. *A integração do negro na sociedade de classes*. São Paulo: Ática, 1965.

FREITAS, Kênia. Afrofabulações e opacidade: As estratégias de criação do documentário negro brasileiro contemporâneo. In: RICARDO, Laécio. (org.). *Pensar o documentário: Textos para um debate*. Recife: Editora da UFPE, pp. 201-228, 2020.

FREITAS, Kênia; MESSIAS, José. *O futuro será negro ou não será:* Afrofuturismo versus Afropessimismo – as distopias do presente. Imagofagia, n. 17, pp. 402-424, 2018.

FRANÇA, Renan. *Pesquisa americana indica que o Rio recebeu 2 milhões de escravos africanos:* O número é o dobro do que era estimado. A tese é baseada em banco de dados criado pela Universidade de Emory, em Atlanta. Rio de Janeiro: O Globo, 05/04/2015, disponível (on-line) em: https://oglobo.globo.com/rio/pesquisa-americana-indica-que-rio-recebeu-2-milhoes-de-escravos-africanos-15784551. Acesso em 1º de fevereiro de 2023.

FREYRE, Gilberto. *Casa-grande & senzala:* Formação da família brasileira sob o regime da economia patriarcal. Rio de Janeiro, Record, 2000[1933].

GAVRAS, Douglas. *705 mil homens brancos têm renda maior que a de todas as 33 milhões de mulheres negras do Brasil: Estudo exclusivo do Made/USP aponta ainda que sete em cada dez brasileiros mais pobres são negros.*, São Paulo: Folha de S. Paulo, 10/12/2021, disponível (on-line) em: https://www1.folha.uol.com.br/mercado/2021/12/705-mil-homens-brancos-tem-renda-maior-que-a-de-todas-as-mulheres-negras.shtml. Acesso em 9 de fevereiro 2023.

GILROY, Paul. *O Atlântico negro*. São Paulo/Rio de Janeiro: 34/Universidade Cândido Mendes, Centro de Estudos Afro-Asiáticos, 2001[1993].

GUIMARÃES, Antônio Sérgio. *Preconceito racial:* Modos, temas e tempos. São Paulo: Cortez, 2008.

GUIMARÃES, Antônio Sérgio. A democracia racial revisitada. *Afro-Ásia*, n. 60, pp. 9-44, 2019.

HASENBALG, Carlos. Raça, classe e mobilidade. In: GONZALEZ, Lélia; HASENBALG, Carlos. *Lugar de negro*. Rio de Janeiro, Marco Zero, pp. 67-70, 1982.

HARTMAN, Saidiya. *Vênus em dois atos*. Rio de Janeiro: Revista Eco-Pós, v. 23, n. 3, pp. 12-33, 2020.

HEINICH, Nathalie. *Práticas da arte contemporânea:* Uma abordagem pragmática a um novo paradigma artístico. *Sociologia & Antropologia*, v. 4, n. 2, pp. 373-390, 2014.

IPEA. *Atlas da Violência*. Rio de Janeiro: Instituto de Pesquisa Econômica Aplicada (Ipea). Disponível (on-line) em: https://www.ipea.gov.br/atlasviolencia/. Acesso em 2 de fevereiro de 2023.

KILOMBA, Grada. *Memórias da plantação:* Episódios de racismo cotidiano. Rio de Janeiro, Cobogó, 2019.

KRENAK, Ailton. *O amanhã não está à venda*. São Paulo: Companhia das Letras, 2020.

MAIO, Marcos Chor. *O Projeto Unesco:* Ciências sociais e o credo racial brasileiro. *Revista USP*, v. 1, n. 46, pp. 115-128, 2000.

MARCONDES, Guilherme. *Conexões de cura na arte contemporânea brasileira*. Arte & Ensaios, v. 26, n. 40, pp. 375-391, 2020.

MARCONDES, Guilherme. *Procuram-se artistas:* Aspectos da legitimação de (jovens) artistas da arte contemporânea. Rio de Janeiro: Telha, 2021.

MARCONDES, Guilherme. *Implodindo a colonialidade:* A produção científica de artistas negras na/da arte contemporânea brasileira. MODOS: Revista de História da Arte, v. 6, n. 2, pp. 147-177, 2022a.

MARCONDES, Guilherme. *E se? Implodindo os pilares da modernidade*. Estudos de Sociologia, v. 27, 2022b. DOI: https://doi.org/10.52780/res.v27i00.13726

MBEMBE, Achille. *Necropolítica*. São Paulo: N-1 Edições, 2018.

MCCLINTOCK, Anne. *Couro imperial:* Raça, gênero e sexualidade no embate colonial. Campinas (SP): Editora da Unicamp, 2010[1995].

MIGNOLO, Walter. A colonialidade de cabo a rabo: O hemisfério ocidental no horizonte conceitual da modernidade. In: LANDER, Edgardo. (org.). *A colonialidade do saber:* Eurocentrismo e ciências sociais. Perspectivas latino-americanas. Buenos Aires, Clacso, pp. 33-49, 2005.

MOURA, Clovis. *Rebeliões da senzala:* Quilombos, insurreições, guerrilhas. São Paulo, Anita Garibaldi, 2014[1959].

MAZUI, Guilherme. *"No Brasil, não existe racismo", diz Mourão sobre assassinato de homem negro em supermercado: Vice-presidente repetiu tese por três vezes e disse que racismo é 'coisa que querem importar para o Brasil.* João Alberto Freitas, 40 anos, foi espancado e morto por seguranças no RS. Brasília: G1, disponível (on-line) em: https://g1.globo.com/politica/noticia/2020/11/20/mourao-lamenta-assassinato-de-homem-negro-em-mercado-mas-diz-que-no-brasil-nao-existe-racismo.ghtml. Acesso em 2 de fevereiro de 2023.

NASCIMENTO, Abdias. *O genocídio do negro brasileiro:* Processo de um racismo mascarado. Rio de Janeiro, Paz e Terra, 1978.

NASCIMENTO, Abdias. *O quilombismo*. Petrópolis, Vozes, 1980.

NASCIMENTO, Abdias. *Teatro experimental do Negro:* Trajetória e reflexões. Estudos Avançados, v. 18 n. 50, pp. 209-224, 2004.

NYONG'O, Tavia. *Afro-Fabulations:* The Queer Drama of Black Life. Nova York: New York University Press, 2018.

PRUDENTE, Eunice. *Dados do IBGE mostram que 54% da população brasileira é negra. Jornal da USP.* São Paulo, 31/07/2020, disponível (on-line) em: https://jornal.usp.br/radio-usp/dados-do-ibge-mostram-que-54-da-populacao-brasileira-e-negra/. Acesso em 8 de fevereiro de 2023.

QUIJANO, Aníbal. Colonialidade do poder e classificação social. In: SANTOS, Boaventura de Sousa; MENESES, Maria Paula. (org.). *Epistemologias do Sul*. Coimbra, Almedina, pp. 73-118, 2009.

ROCHA, Geane. *A cultura afro-brasileira na Zona Portuária do Rio de Janeiro:* A construção da memória em intervenções urbanísticas e no Museu de Arte do Rio. Dissertação (mestrado), PPGCS, UFRRJ, 2020.

SANT'ANNA, Sabrina Marques Parracho. *Museus, cidades e crítica institucional:* O Museu de Arte Contemporânea de Barcelona e o Museu de Arte do Rio em análise comparativa. Todas as Artes: Revista Luso-Brasileira de Arte e Cultura, v. 2, n. 1, p. 98-120, 2019.

SCHWARCZ, Lilia Moritz. *O espetáculo das raças: Cientistas, instituições e questão racial no Brasil, 1870-1930*. São Paulo, Companhia das Letras, 1993.

SILVÉRIO, Valter. O lugar da política de ação afirmativa na construção de um novo regime de representação negro-africano no Brasil. *Educação e Políticas em Debate*, v. 11, n. 1, pp. 30-46, 2022.

SIMÕES, Igor. *Notas, fragmentos, visibilidades e encontros para histórias negras da arte*. Paralelo 31, n. 11, pp. 22-36, 2018.

UM NÃO LUGAR DE FALA

A CONDIÇÃO DO PARDO EM *MARROM E AMARELO*, DE PAULO SCOTT

LUIZ AUGUSTO CAMPOS

"MARROM E AMARELO" é um romance publicado em 2019 em que o escritor gaúcho Paulo Scott registra os dramas de Federico, um ativista social nascido em uma "família negra" de Porto Alegre, mas cuja trajetória pessoal e profissional é marcada pela ambivalência racial. O livro é ambientado num presente alternativo, no qual um governo recém-eleito e impopular propõe um algoritmo de identificação racial para dirimir os conflitos e controvérsias em torno da aplicação das cotas raciais no ensino superior. Membro convidado da comissão montada pelo Ministério da Educação para avaliar o algoritmo, Federico se vê impelido a abandoná-la repentinamente por um problema familiar. Apelidado ainda na infância de Amarelo, ele atende ao chamado de seu irmão mais escuro Lourenço, o "Marrom", cuja filha universitária fora presa com uma arma ilegal e, por isso, acusada de terrorismo durante uma manifestação. Ao buscar expiar sua culpa indireta na prisão da sobrinha, Federico é obrigado a unir-se novamente a seu círculo familiar na tentativa de exorcizar fatos de seu passado, quase todos relacionados à sua ambígua identidade racial.

É possível contar a história recente e antiga do Brasil a partir dos diferentes significados atribuídos à figura do mestiço. Se no fim do século XIX o mestiço era encarado como um ser degenerado, maior obstáculo ao progresso social de nosso povo, no início do século XX ele se converteria em síntese fundante da nação. Já o século XXI é inaugurado por um forte movimento de crítica à ideia de mestiçagem como qualidade singular do povo brasileiro, denunciada agora como discurso de escamoteamento de nosso racismo e de nossas profundas discriminações raciais.

Hoje, o vocabulário próprio do elogio à "mestiçagem", à "morenidade" ou ao "mulato" como símbolo nacional se encontram em xeque, para dizer o mínimo. Em contraposição, conceitos outrora restritos à bibliografia acadêmica, como "desconstrução", "lugar de fala", "racismo estrutural", "colorismo", dentre muitos outros, frequentam a linguagem cotidiana. Mas se a macro-história desse processo já foi abordada academicamente de várias formas, seus reflexos microssociais ainda são nebulosos. Sobretudo quando abordamos o impacto dessas mudanças na formação de subjetividades racializadas, obrigadas a se haver com as metamorfoses dos vocabulários raciais e suas gramáticas.

Talvez por isso o país venha assistindo a uma multiplicação de publicações literárias preocupadas com a temática racial. Apenas para ficar em alguns nomes da recentíssima geração de escritores brasileiros aclamados pela crítica, podemos citar Itamar Vieira Júnior, Jeferson Tenório, Jarid Arraes, bem como a republicação de clássicos da literatura negra que vão de Maria Carolina de Jesus a Conceição Evaristo.

"Marrom e Amarelo", livro do escritor gaúcho Paulo Scott, se insere nessa nova onda ao mesmo tempo que dela se distingue. Como muitos autores de sua geração, Scott recoloca a questão racial brasileira no centro de uma narrativa ficcional. O faz, porém, com um foco menor nas marcas de uma voz narrativa negra e maior nas ambivalências raciais de seu protagonista. É na ambiguidade do "pardo" que o autor encontrará uma chave para repensar o novo contexto social brasileiro de crescente politização das opressões raciais e polarização ideológica.

O livro conta o drama de Federico, um ativista social nascido em uma "família negra" de Porto Alegre, mas cuja trajetória pessoal e profissional é marcada por sua ambivalência racial, que o faz passar por branco em muitas situações. A narrativa é ambientada num presente alternativo, no qual um governo recém-eleito e impopular propõe um algoritmo de identificação racial para dirimir conflitos em torno da aplicação das cotas raciais no ensino superior. Membro convidado da comissão montada pelo Ministério da Educação para avaliar o *software*, Federico se vê impelido a abandoná-la repentinamente por conta de um problema familiar.

Apelidado ainda na infância pelo seu pai de Amarelo, ele atende ao chamado de seu irmão mais jovem e escuro, Lourenço, ou "Marrom", cuja filha universitária fora presa e acusada de terrorismo por portar uma arma ilegal a caminho de uma manifestação estudantil contra o governo. Ao buscar expiar sua culpa indireta pela prisão da sobrinha, algo que ficará mais claro no decorrer do livro, o protagonista sente-se obrigado a unir-se novamente a seu círculo familiar na tentativa de exorcizar fatos de seu passado, todos relacionados à sua ambígua identidade racial.

Embora destaque que o livro não se resume a um relato testemunhal, Scott admitiu inúmeras vezes o caráter autoficcional da obra. Além de ter crescido no mesmo bairro porto-alegrense de Federico, ele mencionou mais de uma vez seu irmão "negro retinto" como fonte de inspiração para Lourenço. Ademais, o autor se coloca como uma pessoa parda tal qual Federico, o que suscitou reações e controvérsias em redes sociais e na imprensa[1].

Afora essas questões, é possível ler "Marrom e Amarelo" como uma tradução literária e criativa dos dilemas epistêmicos e políticos enfrentados por um Brasil contraposto a seu histórico racista. Tudo isso se dá a partir da perspectiva de uma subjetividade marcada por um não lugar social. Note-se, no entanto, que esse não lugar racial pode ser lido, também, como um lugar múltiplo. Ao ser classificado de maneiras mutantes, Federico é por vezes vítima, por vezes agente e, sobretudo, espectador privilegiado do racismo brasileiro. Logo, sua imagem do

1 Recebendo Paulo Scott e Jefferson Tenório em seu programa de entrevistas, o jornalista Pedro Bial questionou o segundo sobre a cor do primeiro. Apesar de destacar seu respeito à autodeclaração racial de Scott, Tenório acabou respondendo que o enxerga como branco. Cf. "Conversa com Bial", 15 de outubro de 2020. Disponível em: https://globoplay.globo.com/v/8945458/.

pardo como um ser ambíguo está longe de redundar, como outrora era comum, numa negação das divisões raciais e do racismo em si, ao contrário.

Nesse sentido, o livro inova ao se apropriar de uma série de debates acadêmicos e militantes sobre raça, ressignificando-os à luz do Brasil de um novo milênio. No entanto, mais do que uma tradução literária de teorias sociais, "Marrom e Amarelo" agrega à reflexão sociológica algo de certo modo recalcado pela sociologia nos últimos tempos: os dilemas subjetivos da ambiguidade racial. Noutros termos, um dos principais méritos do livro é preencher com literatura uma lacuna deixada pela reflexão sociológica sobre um processo social que a própria sociologia ajudou a conformar.

Este texto explora as contribuições de "Marrom e Amarelo" para uma compreensão dessas ambiguidades a partir da perspectiva nem sempre discernível de Scott e Federico. Apesar disso, não buscarei aqui abordar particularmente a dimensão testemunhal ou autoficcional da obra, o que mereceria um texto à parte[2]. Nossa intenção é explorar

---

2 Outro motivo que nos faz deixar a dimensão testemunhal de "Marrom e Amarelo" temporariamente de lado é a própria interface entre os dilemas raciais de Scott e Federico com o autor deste texto. Essa triangulação exigiria um esforço analítico e pessoal específico, difícil de ser incluído na proposta deste ensaio.

a interface entre a sociologia da raça no Brasil, como ela ajuda a interpretar o livro e, sobretudo, como ele aprofunda a compreensão sociológica do processo de formação de subjetividades racializadas no país.

SOBRE RETORNO, RAIVA E SILÊNCIO

Num presente alternativo, universitários de todo o país entram em conflito violento por conta das cotas raciais no ensino superior. Eleito nesse 2018 fictício, o "novo governo" decide constituir uma comissão no Ministério da Educação para pensar soluções que garantam a rigorosa definição dos beneficiários das ações afirmativas. Parte central do trabalho é avaliar a pertinência e eficácia de um "*software* pra selecionar quem era suficientemente preto, pardo ou indígena pra obter o benefício das cotas", algo que divide as opiniões do comitê e do público em geral.

"Marrom e Amarelo" parte desse momento inicial para contar os dramas de um dos membros dessa comissão. Federico é um ativista gaúcho de 50 anos e "importante pesquisador das temáticas da hierarquia cromática entre peles, da pigmentocracia e sua lógica no Brasil, da perversidade do colorismo". Mas sua participação na comissão não é marcada apenas por sua especialidade ou ativismo, e sim, sobretudo, por sua própria identidade racial (ou pela falta dela).

Lourenço, o "Marrom", é oposto ao irmão não apenas no fenótipo. Treinador de basquete, ele é o irmão boa praça e tranquilo, além de alienado dos debates políticos. Isso se modifica quando ele é surpreendido pela prisão da filha, Roberta. Universitária de 18 anos e debutante na militância estudantil, ela é pega em uma *blitz* policial com um revólver no porta-malas do carro. "O revólver trinta e dois do Anísio" (S)[3] é o gatilho inaugurador do zigue-zague cronológico que marca a narrativa de "Marrom e Amarelo".

Em 1984, Federico e o irmão esconderam no sótão de casa a arma que retorna ao carro de Roberta em 2019. Anísio era um dos amigos de Lourenço do "grupo do Partenon" (S), bairro da periferia de Porto Alegre, e que estava presente na festa do Clube Leopoldina Juvenil, na zona nobre da cidade. Na fila de espera para entrar no baile,

---

3 Todas as citações de "Marrom e Amarelo" são a partir da edição da editora Alfaguara (São Paulo, 2019). Nas citações usarei como referência apenas S.

Federico notou uma confusão entre sua prima Elaine e um grupo de pessoas. Ela exigia que "a patricinha de boné" retirasse o que disse sobre ela ter de "aprender a alisar melhor o cabelo se quiser vir numa festa do Leopoldina". A briga entre as garotas é o mote para uma das intermináveis ruminações e lembranças que caracterizam o modo com que Federico reflete sobre suas questões:

> Eu olho pra Elaine, e Elaine sai da fila, corre os poucos metros que a separam do cara da camiseta polo com o brasão do Grêmio bordado nas mangas e da guria de boné, segura o braço dela. Me solta, maloqueira, diz a do boné. Elaine não solta. Vamos deixar assim, o cara da camiseta polo com o brasão do Grêmio bordado nas mangas diz e olha pra mim, Por favor, Vamos resolver isso agora, e me estende a mão. Esquece, Douglas, Não dá conversa pra essa gente, diz o de camisa manga longa do Grêmio, que está do lado da menina de boné. Eu ponho a mão no peito dele, do cara da camisa manga longa do Grêmio, e empurro. Não faz isso, diz o cara da camiseta polo com o brasão do Grêmio bordado nas mangas. O da manga longa vem pra cima de mim. Dou um chute de planta do pé na barriga dele, um chute que ele não estava esperando. Ele se curva de dor. Dentro da minha cabeça algo explode, sinto uma euforia inusitada. E o tempo já não é o da vida, não o de como eu estava levando a

> minha vida antes do dia de hoje. Quando o da manga longa se ergue, numa sincronia absurda, vejo Anísio surgir do nada e, num salto, que só um cara bom de briga como ele sabe dar, acertar uma voadora de dois pés no peito do cara da manga longa. Os outros reagem, não sei como não tinham reagido antes. E no mesmo instante vejo Lourenço, Manoel e Travolta partindo pra cima deles. As gurias começam a gritar, toda gente ao redor começa a gritar, Elaine acerta um tapa no rosto da guria de boné. A guria do boné abre o maior berreiro (S).

A profusão de frases reproduzidas sintetiza a prosa vertiginosa de "Marrom e Amarelo". A confusão na porta do Clube Leopoldina só é parcialmente dirimida com a fuga de Federico e seus amigos do Partenon. Anísio, no entanto, é surpreendido horas depois por "um grupo de *playboys*", o que resulta em ele disparar dois tiros no peito de um deles com a arma que, horas depois, seria escondida no sótão por Federico e Lourenço.

O trecho reproduzido também antevê uma outra característica do livro: as ruminações infinitas de Federico só cessam nos raros momentos em que a raiva que ele silencia se transforma em ação. Em algumas páginas, descobre-se que a prisão de Roberta fora tramada por um dos *playboys* da confusão de 10 de agosto, agora delegado de polícia. Tudo isso para forçar Federico e Lourenço a levarem-no ao destino de Anísio, que desaparecera depois do ocorrido.

A escrita de "Marrom e Amarelo" é baseada em longos períodos entremeados de vírgulas e raros pontos finais. Os infinitos diálogos de Federico consigo mesmo se misturam à descrição de vários imbróglios coletivos, quase sempre relacionados ao modo ao mesmo tempo velado e corrosivo de funcionar do racismo brasileiro. O estilo serve, portanto, à expressão de uma subjetividade incomodada, insegura de si e enraivada com sua existência espremida entre dois mundos, um preto e outro branco, um periférico e outro central, entre passado e presente. Retornando ao seu trabalho na comissão para discutir uma solução para as cotas, Federico se perde em outra sequência de pensamentos:

> O funcionário que me acompanhava se adiantou, abriu a porta sem pedir licença, entrou e fez sinal pra eu entrar também. Fiquei diante daqueles oito desconhecidos que aguardavam por mim, aqueles oito que faziam parte da comissão idealizada pelo novo governo pra achar uma solução adequada, candidata a ser uma das tantas soluções adequadas equivocadas do novo governo, pro caos que, de súbito, tinha se tornado a aplicação da política de cotas raciais pra estudantes no Brasil (...). Uns me encaravam, outros olhavam

> pros visores dos seus celulares, provavelmente dando Google no meu nome, sondando o que pudessem sondar a meu respeito, já que eu não tinha figurado junto deles na lista de nomeação publicada às pressas no Diário Oficial da União na semana antes pelo novo governo, na lista que foi repassada pra imprensa, na lista que em tese devia aplacar os ânimos dos alunos negros, indígenas e brancos em conflito nas universidades do país, mas que, depois foi constatado e divulgado em todas as mídias, acabou tendo efeito idêntico ao de jogar gasolina numa fogueira. E então me senti pronto pra dar mostra parcial dos fantasmas que ocupavam meus pensamentos, fantasmas que foram também as vezes em que me senti constrangido por ser quem eu era, educado sob a ideia de ser duma família negra, ideia que virou minha identidade, e moldado num fenótipo brutalmente destoante daquela identidade, dois fatores que, combinados, me expulsaram pra sempre das generalizações do jogo esse é preto esse é branco, me dando um imenso não lugar pra gerenciar, fantasmas que me fizeram ser, inclusive na acachapante miopia do novo governo, a pessoa adequada pra estar ali (S).

O próprio espaço geográfico em que a narrativa se desenrola, parte na capital gaúcha parte na capital nacional, já destoa das ambientações das narrativas sobre raça no Brasil, tradicionalmente concentradas em estados como Bahia, Rio de Janeiro e São Paulo. A Porto Alegre sulista da imigração europeia branca dá espaço ao bairro negro do Partenon. A posição social de Federico nesse espaço também é eivada de ambiguidades. Apesar de morar num bairro periférico, sua família tem relativa estabilidade econômica por conta de seu pai ser um respeitado funcionário público da polícia.

Além de um "estrangeiro no próprio bairro", Federico é um estranho no próprio corpo. As lembranças do 10 de agosto, que colocava sua cabeça num "formigueiro" ou "turbilhão num eterno tempo presente" vêm quase sempre acompanhadas de outras, em que ele acessa o silencioso racismo brasileiro. Digo "acessa" porque ele oscila entre as posições de vítima, espectador ou mesmo agente do racismo. Num dos momentos mais dramáticos do livro, lemos o relato do dia em que seu pai o amarra ao irmão depois de uma troca de insultos entre eles:

> [*E*] era tarde da noite, e eu e meu irmão estávamos excitados, um excitamento que vinha do fato de não termos água em casa pelo quarto dia seguido, de ser tarde, por volta das onze da noite, mas que vinha também da discussão, tipo de discussão sem motivo que costumávamos ter naqueles dias daquela fase irmãos que se enfrentam, discussão que começou com um vou

tomar banho primeiro, que teve como resposta um não, mas não vai mesmo, tu já tomou banho primeiro ontem e antes de ontem, hoje eu é que vou na frente, discussão que se alongou e que no momento da saída do meu pai do banheiro já tinha virado empurrões e ofensas, eu atacando meu irmão com vai se foder, neguinho burro tapado de merda, e ele contra-atacando com vai tomar no teu cu, bicha-louca sarará recalcada, meu pai empregava a palavra recalcado quando queria se referir aos negros de pele mais clara que alisavam o cabelo e tinham pavor mortal de ser apontados como negros mulatos, reconhecidos como negros por quem não fosse negro, e aquilo acabou sendo o suficiente pra que ele deixasse a toalha molhada de lado, agarrasse nós dois pela gola das camisetas e nos levasse até a sala de treinamento e musculação daquele prédio da polícia civil, um miniginásio onde além dos aparelhos de malhar tinha um ringue de piso almofadado pra combates de judô e pugilismo, acender as luzes, fazer a gente subir no ringue, pegar uma corda de pular dizendo que se a gente queria brigar então ele ia fazer a gente brigar, atirar dois pares de luvas próximo dos nossos pés, mandar a gente vesti-las, dizer que se a gente não lutasse, e enquanto lutasse não continuasse ofendendo um ao outro, ele ia nos surrar com aquela corda, eu olhar pra ele, pedir desculpas, ele dizer pra eu não pedir desculpas pra ele, dizer que eu, sendo o mais velho, era o que tinha de dar exemplo,

> mandar a gente vestir as luvas duma vez e se abraçar, ficar de rostos colados um no do outro, pegar a corda e nos amarrar apertado dizendo que íamos ficar ali grudados um no outro pra pensar no que levava um irmão a depreciar o outro irmão como a gente estava fazendo, apagar as luzes do miniginásio e sair, trancando a porta a chave, voltar vinte minutos depois pra nos encontrar desamarrados, deitados no piso do ringue, um ao lado do outro (S).

Chama atenção que Federico provavelmente seria descrito poucas décadas atrás como um "brasileiro típico", um legítimo representante de nossa mestiçagem racial e com um lugar privilegiado no modo como o Brasil enxergou a si mesmo por quase um século. Hoje, porém, ele ocupa um não lugar racial. Como alguém nascido no fim dos anos 1960, Federico foi ele próprio atravessado pelas mudanças no discurso racial predominante no país, sendo testemunha e objeto desse processo:

> (...) sim, a gente é irmão de verdade, porque, no padrão dos que perguntavam, no padrão de Porto Alegre, no padrão do Brasil daquele ano de setenta e três, eu, de pele bem clara, cabelo liso castanho bem claro puxando pro loiro, era considerado um branco, e ele, o meu irmão, de pele marrom escura, cabelo crespo castanho-escuro

> beirando o preto, embora com o mesmo nariz adunco e médio largo que o meu e a mesma boca de lábio superior fino e lábio inferior grosso que a minha, era considerado um negro (S).

Vale destacar desde já que "Marrom e Amarelo" é um livro atravessado por reflexões sociológicas, presentes nos debates das comissões do Ministério ou na própria formação de Federico, ele próprio um cientista social. No entanto, é a ausência de uma tese sociológica sobre a questão racial e suas transformações que faz do livro uma reflexão aberta sobre o tema. Ao ter de lidar com os efeitos não intencionais de ações do passado, Federico tem também de enfrentar as consequências não premeditadas da história de discriminação racial que marca o país. O que mudou, então, durante a história recente que o fez perder seu lugar na sociedade e ser jogado numa espécie de limbo existencial?

UMA BREVE HISTÓRIA DO MESTIÇO NA SOCIOLOGIA

No fim do século XIX, o mestiço foi visto pelo racismo científico como vetor do sangue negro e indígena e, logo, obstáculo à civilização de nosso povo. Para o célebre médico legista e antropólogo Nina Rodrigues, por exemplo: "a Raça Negra no Brasil, por maiores que tenham sido os seus incontestáveis serviços à nossa civilização (...) há de constituir sempre um dos fatores da nossa inferioridade como povo" (1976, p. 14). Mas não era essa a única pecha imputada ao mestiço brasileiro. Apesar de compartilhar da maioria dessas premissas racistas, o crítico literário Sylvio Romero foi o principal expoente de uma corrente alternativa, que acreditava na mestiçagem como meio de embranquecimento e redenção racial de nossa população. Para ele, a mistura das raças levaria ao "predomínio evolutivo" natural dos "arianos", livrando o Brasil do sangue negro e indígena em pouco mais de um século. Em seu clássico "História da literatura brasileira", Romero delineia uma explicação racializada para nosso atraso cultural, cuja única salvação estaria na mestiçagem: "o mestiço, que é a genuína formação histórica brasileira, ficará só diante do branco puro, com o qual se há de, mais cedo ou mais tarde, confundir" (Romero, 1888, p. 66).

É somente nos anos 1930 que o mestiço deixa de ser um meio de redenção ou atalho para o branqueamento para se tornar um fim em si mesmo. Embora esse julgamento não seja exclusivo de nenhum pensador, não há dúvida de que a obra do antropólogo, sociólogo e literato Gilberto Freyre foi referência central nesse processo. Para Freyre, cada uma das três raças que compuseram o povo brasileiro trouxe contribuições culturais específicas, amalgamadas em nossos corpos e cultura (Freyre, 2003). Essa originalidade nacional teria sido fruto do encontro de um processo de colonização feito basicamente por ibéricos, historicamente acostumados à mistura com os mouros, num contexto de escassez de mulheres brancas, o que "criou zonas de confraternização entre vencedores e vencidos, entre senhores e escravos" (Freyre, 2003, p. 32). Em seus termos:

> Sem deixarem de ser relações – as dos brancos com as mulheres de cor – de "superiores" com "inferiores" e, no maior número de casos, de senhores desabusados e sádicos com escravas passivas, adoçaram-se, entretanto, com a necessidade experimentada por muitos colonos de

> constituírem família dentro dessas circunstâncias e sobre essa base. A miscigenação que largamente se praticou aqui corrigiu a distância social que de outro modo se teria conservado enorme entre a casa-grande e a mata tropical; entre a casa-grande e a senzala. O que a monocultura latifundiária e escravocrata realizou no sentido de aristocratização, extremando a sociedade brasileira em senhores e escravos, com uma rala e insignificante lambujem de gente livre sanduichada entre os extremos antagônicos, foi em grande parte contrariado pelos efeitos sociais da miscigenação (Freyre, 2003, p. 33).

A virada teórica e política promovida a partir de Freyre tem três elementos centrais. Primeiramente, a mestiçagem não seria restrita à parte da população brasileira, mas aplica-se à sua generalidade. Todos seríamos em alguma medida mestiços, o que tornaria as próprias divisões raciais inaplicáveis entre nós. Em segundo lugar, ela não redundaria em um novo tipo racial distinto do branco, do negro ou do indígena, mas em seres híbridos, sínteses diversas e criativas dessas três raças (Freyre, 2003, p. 66). O híbrido racial brasileiro seria como nossa feijoada: um cozido em que os ingredientes não se diluem de todo. Assim, cada um de nós teria características negras, brancas e indígenas no sangue e no comportamento. Terceiro, ainda que não se negue a violência que perpassa as interações entre senhores e escravos (e sobretudo, escravas), Freyre elogia o fato de elas não terem transbordado em conflitos políticos. "Casa-grande & senzala", sua principal obra, é prenhe de relatos sobre casos de violência entre senhores e escravos, mas todos são despolitizados justamente por serem apaziguados por uma infinidade de relações afetivas e eróticas.

Os movimentos de crítica à perspectiva freyreana são tão antigos quanto as próprias obras do autor pernambucano. O grupo de acadêmicos em torno de Florestan Fernandes, por exemplo, destacou ainda na década de 1940 a sobrevivência de preconceitos e atitudes contrárias aos negros brasileiros, bem como sua subintegração ao Brasil moderno (Bastide, 1955; Fernandes, 2008; Nogueira, 1998). No entanto, a rápida conversão desse elogio freyreano à mestiçagem em mito nacional oficial durante o Estado Novo, bem como sua reciclagem durante o regime militar inaugurado em 1964, reduziram o alcance político dessas visões alternativas. Até mesmo os distintos movimentos negros brasileiros do período aderiram, em menor ou maior grau, ao elogio da mestiçagem (Campos, 2015; Guimarães, 2021; Nascimento; Nascimento, 2000).

Vale lembrar que, nesse mesmo período, a questão racial foi motivo frequente da literatura brasileira. Entre o fim do século XIX e meados do

XX, é difícil encontrar um grande autor que não a tenha tematizado, lateral ou centralmente. Na contemporaneidade, contudo, a raça passa a perder espaço na ficção. Esse é o momento em que se sedimenta uma imagem de Brasil como país livre de segregações e discriminações estritamente raciais, no qual todos seriam mestiços e, portanto, sem clivagens étnicas marcantes. Convertida cada vez mais em objeto sociológico acadêmico, a questão racial vai ficando mais distante dos experimentos ficcionais, bem como os personagens negros ou "mulatos" (Dalcastagné, 2008).

A hegemonia do ideário da democracia racial só apresenta fissuras para além de círculos restritos a partir dos anos 1970. O processo de reabertura política permitiu a rearticulação do movimento negro, bem como a difusão de novas perspectivas sociológicas sobre o racismo brasileiro (Hasenbalg, 2005; Silva, 1978). O movimento negro de então começava a colocar em xeque a ideia de democracia racial, mesmo como projeto ou ideal nacional legítimo (Nascimento, 1978; Gonzalez, 1980). Simultaneamente, uma geração de sociólogos passou a mostrar com estatísticas que brancos permaneciam tendo vantagens comparativas na competição com pretos e pardos, mesmo quando compartilham posições de classe similares na estrutura social (Hasenbalg, 2005; Silva, 1978).

Essas ressignificações do movimento negro potencializaram a denúncia do racismo brasileiro e seus efeitos nas desigualdades socioeconômicas. O fosso que separa brancos, de um lado, e não brancos, de outro, foi estatisticamente mensurado e confirmado desde então, o que culminou na adoção de políticas de ação afirmativa racial pelo Estado no decorrer dos anos 2000. Foi essa sociologia que compilou evidências estatísticas em grande escala daquilo que os militantes denunciavam a partir de suas experiências pessoais: o racismo brasileiro. A primeira mostrava que o racismo não apenas "existe" como também afeta a maioria de nossa população autodeclarada "preta" e "parda".

Naquele período, o movimento negro justamente debatia sobre a demarcação mesma de sua base social. Quem eram, afinal, os negros e negras? Todos aqueles com ascendência africana ou somente aqueles percebidos como negros pela população? A primeira resposta englobaria quase todo o povo brasileiro, diluindo a unidade do movimento em uma identidade difusa e amorfa. A segunda restringiria sua militância à defesa dos direitos de uma ínfima minoria, algo em torno de 5% da população à época.

O que as estatísticas indicavam é que "pardos" e "pretos" não só se concentravam na base da pirâmide social, bem distante dos "brancos" no topo, mas também eram impedidos de ascender socialmente, o que não acontecia na mesma intensidade com os brancos pobres. A solução para os dilemas da militância estava, então, no meio termo: ser negro implicaria ser vítima potencial da discriminação; ser negro incluiria, portanto, os pardos, ainda que estes nem sempre se enxergassem como tal.

Quase três décadas se passaram até que essa nova concepção de nação se materializasse em uma política pública de relevo. As cotas raciais reconheceram a urgência de medidas que compensassem os efeitos do racismo brasileiro, redistribuindo espaços numa das mais prestigiosas e elitistas instituições nacionais, a universidade pública. Essa é a porta estratégica de acesso ao topo da estratificação social. Ademais, trata-se da primeira política pública que busca atingir negros diretamente e não com subterfúgio da classe social. O "paraíso dos mulatos" finalmente se reconhecia como "inferno dos negros" e buscava expiar seus pecados passados e presentes na direção de um país mais justo. Aliás, o termo "mulato", anteriormente visto como síntese da particularidade nacional, passava agora ao índex das palavras malditas.

Noutro nível, porém, a delimitação de uma fronteira racial permaneceu prenhe de ambiguidades, suscitando debates que vão desde a definição dos legítimos beneficiários das políticas públicas até disputas simbólicas sobre quem pode falar em nome da negritude em um país cromaticamente tão diverso. Essas questões se tornaram particularmente sensíveis com a instauração das chamadas "comissões de heteroclassificação racial" nas seleções universitárias e em concursos públicos. Erraticamente usadas na primeira fase de difusão das ações afirmativas raciais no Brasil, tais comissões passaram a ser quase obrigatórias depois de uma resolução do Ministério do Planejamento editada em 2016.

Nesse contexto, o recurso ficcional de "Marrom e Amarelo" a um *software* de classificação racial não é uma pura fabulação da imaginação de Paulo Scott. Em meio às acaloradas discussões sobre as cotas em 2008, o então presidente Lula mencionou que a identificação dos negros, potenciais beneficiários das cotas, era uma "questão a ser resolvida pela ciência", manifestando um entendimento da raça como realidade natural e biológica. Quase dez anos depois, o Instituto Federal do Pará colocou em seu edital um longo formulário estabelecendo as características físicas que os candidatos a suas cotas deveriam apresentar para serem considerados negros[4]. Provavelmente retiradas de um

4 Ver: https://g1.globo.com/pa/para/noticia/2016/09/apos-polemica-ifpa-retira-trecho-de-edital-sobre-aparencia-para-cotistas.html.

manual eugenista, estavam no rol de itens algumas características como formato do crânio, tamanho do nariz e tipos de lábios. Logo, a expectativa de meios objetivos de definição racial não apenas foi reacendida pelas políticas de cotas, como migrou para as frentes progressistas e antirracistas.

A denúncia do racismo brasileiro, e do mito nacionalista que o escamoteava, dependeu da desconstrução do "mulato", símbolo maior de nosso contrato nacional desigual. Como consequência imprevista, porém, o rechaço ao mulatismo jogou no limbo racial um setor importante da população brasileira. De início, a estratégia adotada pelo movimento negro foi inclusiva: todos aqueles com ascendência africana, e até mesmo os descendentes de indígenas, seriam abrigados sob o rótulo ecumênico e emancipador da negritude. Mais recentemente, porém, o advento das ações afirmativas reenquadrou a questão, convertendo o ônus da negritude em possibilidade de bônus localizado (Lima, 2005).

Em suma, o "pardo", "mestiço" ou "mulato" ocupa um lugar central nos dilemas enfrentados pela sociologia e pela militância antirracista brasileira. O ativista e sociólogo Eduardo de Oliveira e Oliveira chegou a denominá-lo ironicamente como principal "obstáculo epistemológico" ao conhecimento de nossas estruturas racistas. Se grande parte da reflexão sociológica e política do século XX encarou o pardo como um símbolo do hibridismo e da inexistência de discriminações raciais no Brasil, na atualidade ele é visto como uma vítima potencial do racismo e, por isso, parte de uma concepção ampliada de negritude. Porém, movimentos mais recentes enfatizaram o perigo de que o pardo funcione como uma categoria instrumental para que pessoas imunes à discriminação racial se beneficiem injustamente das políticas afirmativas em vigor no Brasil, esvaziando seu sentido.

O QUE DIZ UM NÃO LUGAR DE FALA?

Ao mesclar análise social e narrativa literária num ensaio sobre as expressões cotidianas dos processos históricos que formaram o Brasil, Paulo Scott se soma ao que há de mais clássico na nossa tradição literária e sociológica. Mas há uma diferença importante: seu livro não nos dá nem respostas, nem um projeto de futuro. Aliás, talvez a maior contribuição sociológica de "Marrom e Amarelo" seja justamente seu silêncio. É ele que torna a subjetividade ambígua e insegura de Federico algo particular e universal ao mesmo tempo. Particular porque experimenta dilemas de difícil expressão, próprios de um tipo social específico em um momento inédito de nossa história. Universal porque essa subjetividade carrega em si a história colonial e racial brasileira, com todas as suas ambiguidades e ambivalências.

No entanto, é preciso registrar que essa subjetividade instável é marcadamente masculina. Embora o fio condutor do livro seja a complexa relação de uma sobrinha em apuros e seu tio culpado, entremeada por suas incompletas relações amorosas, poucos sabemos das personagens femininas do livro. Diferentemente dos homens, elas são descritas sumariamente e, mais relevante ainda, não têm a cor ou raça explicitadas. Embora possamos supor que Roberta seja negra como seu pai, ela nunca é racializada na obra. Bárbara, a paixão de adolescência que retorna no presente, é definida laconicamente como filha de uma "família que migrou da Colômbia pro Brasil em mil novecentos e setenta e seis". Esse é o caso também da mãe de Federico, cuja única referência racial mais explícita é um "ela, de pele clara, cabelo liso castanho".

Ao consultar vários colegas de diferentes sexos e cores que leram a obra sobre a raça da mãe de Federico, eles ora a classificaram como branca ora como negra ora como mestiça. Em todos esses casos, meus colegas se apegaram a pistas esparsas, como aquela em que ela teria definido a família como negra, apesar das diferenças cromáticas entre os irmãos, ou ao próprio fato de Federico ser mais claro, mesmo tendo um pai retinto. Novamente, relato biográfico e ficção se misturam aqui. Em inúmeras entrevistas, Scott faz questão de mencionar como fato da realidade a frase da mãe que teria lhe dito que "nossa família é negra"[5].

Controvérsias à parte, não é exagero dizer que "Marrom e Amarelo" é um livro sobre as dificuldades de uma subjetividade masculina que encontra problemas para estabilizar em signos consolidados, não apenas por uma mudança histórica maior, mas também por sua relação vacilante com as mulheres: a mãe, quem impõe uma definição de sua identidade constantemente negada fora de casa; a namorada de adolescência, que ele nunca deixou de amar, mas com quem nunca conseguiu se relacionar definitivamente; ou a sobrinha, sua maior admiradora, mas com quem ele mantinha uma relação distante.

Embora não seja nosso objetivo encerrar uma interpretação definitiva dessa dimensão de gênero, própria ao livro, acreditamos que nela reside a

---

5 Verificar a primeira nota de rodapé.

chave para a compreensão dos dilemas raciais vividos por seu protagonista. Federico parece buscar nas mulheres (mãe, amantes e sobrinha) a confirmação que elas não o podem dar. Todo o amor e admiração que elas dedicam a ele não são suficientes para preencher o vazio existencial desse não lugar de fala que o prende eternamente ao seu passado. Há aqui o peso de uma concepção apolítica do amor como subtração do mundo e da história, contrária ao amor coletivo e político defendido por feministas negras como bell hooks, que escreve:

> Assim que nasci, fui acalentada e tratada com gentileza, de modo a me sentir querida neste mundo e em minha casa. Até hoje não consigo me lembrar do momento em que esse sentimento de ser amada me deixou. Só sei que, um dia, eu já não era preciosa. (...) Durante anos vivi uma vida suspensa, presa ao passado, incapaz de seguir em direção ao futuro. Como qualquer criança ferida, só queria voltar no tempo e estar naquele paraíso outra vez, naquele momento de arrebatamento do qual me lembrava, em que me senti amada, em que senti pertencimento. Nunca podemos voltar. Sei disso agora. Podemos seguir em frente. Podemos encontrar o amor pelo qual nosso coração anseia, mas não antes de nos desapegarmos do luto em relação ao amor perdido

há tanto tempo, quando éramos pequenos e não tínhamos voz para expressar os desejos de nosso coração. Olhando para trás, descobri que todos os anos da minha vida em que eu pensava estar em busca do amor foram simplesmente tentativas de recuperar o que havia perdido, voltar ao primeiro lar, regressar ao arrebatamento do primeiro amor. Eu não estava realmente pronta para amar e ser amada no presente. Ainda estava de luto – apegada ao coração partido da meninice, a conexões desfeitas. Quando o luto acabou, fui capaz de amar novamente. Despertei do meu estado de transe e fiquei atordoada ao descobrir que o mundo em que eu vivia, o mundo do presente, já não era um mundo aberto ao amor. E percebi que tudo o que eu ouvia ao meu redor evidenciava que o desamor tinha se tornado a ordem do dia. Sinto nosso país se afastando do amor com a mesma intensidade que senti o abandono do amor na infância. Com esse afastamento, nos arriscamos a penetrar em um quadro de selvageria de espírito tão intensa que talvez jamais encontraremos o caminho de volta. Escrevo sobre o amor para dar testemunho do perigo desse movimento e também para convocar um regresso ao amor. Redimido e recuperado, ele nos leva de volta a uma promessa de vida eterna. Quando amamos, podemos deixar nosso coração falar (hooks, 2021).

A aposta no amor de hooks se opõe à visão moderna, que reduz a salvação pessoal à fantasia de um amor erótico que nos suspenderia das desigualdades afetivas e sociais nas quais vivemos. Ao contrário, é na busca comunitária pela aceitação de nossas feridas mais profundas que podemos encontrar a possibilidade do amor como compromisso com a elevação espiritual futura e conjunta. A recusa de Federico por uma conexão mais forte com o amor é também a recusa do sentir o passado para se projetar no futuro, algo sintetizado em seu diálogo de despedida com Bárbara:

> Digo que ela pode me ligar quando quiser. Ela diz que vai sentir saudade, mas que vai demorar um pouco pra me ligar de novo. Me controlando, digo que saudade não vale pra nada. Ela responde que saudade, às vezes, é a única medida confiável pra se conseguir enxergar o que é importante (S).

As últimas páginas de "Marrom e Amarelo" relatam os primeiros momentos de uma nova saga, em que Federico finalmente se une ao irmão e, sobretudo, à sobrinha, na busca do paradeiro do Anísio e de uma solução para o imbróglio da arma. Em vez da fuga, ele agora opta por exorcizar seus fantasmas e buscar um novo pacto com seu passado. É difícil resistir a uma analogia desse final com o momento político e social do Brasil das primeiras décadas do século XXI. Não há mais como voltar a fugir: é preciso seguir um novo caminho de expiação da questão racial, ainda que não saibamos bem onde ele dará. O Brasil desenhado por Paulo Scott é como a tatuagem de Roberta que ilustra a capa do livro: um estudante, segurando um estilingue com a borracha esticada no limite, mirando para o alto, pronto para o disparo.

REFERÊNCIAS

BASTIDE, Roger; Fernandes, Florestan. *Relações raciais entre negros e brancos e São Paulo.* São Paulo: Anhembi, 1955.

CAMPOS, Luiz Augusto. *"O negro é povo no Brasil?":* Afirmação da negritude e democracia racial em Alberto Guerreiro Ramos (1948-1955). Cadernos CRH, v. 28, n.73, pp. 91-110, 2015.

DALCASTAGNÉ, Regina. *Entre silêncios e estereótipos:* relações raciais na literatura brasileira contemporânea. Estudos de Literatura Brasileira Contemporânea, v. 31, pp. 87-110, 2008.

FERNANDES, Florestan. *A integração do negro na sociedade de classes*. São Paulo: Globo, 2008.

FREYRE, Gilberto. *Casa-grande & senzala:* Formação da família brasileira sob o regime da economia patriarcal. São Paulo: Global, 2003.

GONZALES, Lélia. *Racismo e sexismo na cultura brasileira*. Anais do IV Encontro Anual da Associação Brasileira de Pós-graduação e Pesquisa nas Ciências Sociais. Rio de Janeiro, 31 de outubro, 1980.

GUIMARÃES, Antonio Sérgio. *Modernidades negras:* A formação racial brasileira (1930-1970). São Paulo, 34, 2021.

HASENBALG, Carlos. *Discriminação e desigualdades raciais no Brasil.* Belo Horizonte/Rio de Janeiro: EdUFMG/Iuperj, 2005.

HOOKS, bell. *Tudo sobre o amor:* novas perspectivas. São Paulo: Elefante, 2021.

LIMA, Marcia. *Ser negro no Brasil:* Do ônus ao bônus?. Horizontes Antropológicos, v. 11, n. 23, pp. 258-261, 2005.

NASCIMENTO, Abdias. *O genocídio do negro brasileiro:* Processo de um racismo mascarado. Rio de Janeiro: Paz e Terra, 1978.

NASCIMENTO, Abdias; NASCIMENTO, Elisa Larkin. Reflexões sobre o movimento negro no Brasil, 1938-1997. In: GUIMARÃES, Antonio Sérgio; HUNTLEY, Linn. *Tirando a máscara:* Ensaios sobre o racismo no Brasil. São Paulo: Paz e Terra, 2000.

NINA-RODRIGUES, Raymundo. *Os africanos no Brasil.* Rio de Janeiro: Centro Edelstein de Pesquisas Sociais, 2010.

NOGUEIRA, Oracy. *Preconceito racial de marca e preconceito racial de origem:* Sugestão de um quadro de referência para a interpretação do material sobre relações raciais no Brasil. Tempo Social, v. 19, n. 1, pp. 287-308, 2007.

ROMERO, Sylvio. *História da Literatura Brasileira.* Rio de Janeiro: B. L. Garnier, 1988.

SCOTT, Paulo. *Marrom e Amarelo.* São Paulo: Alfaguara, 2019.

SILVA, Nelson do Valle. *Black-white income differentials:* Brazil 1960. Tese de Doutorado, University of Michigan, 1978.

SOBRE OS AUTORES

GUILHERME MARCONDES é professor do Departamento de Sociologia da Universidade Federal do Rio de Janeiro (UFRJ). É doutor e mestre pelo Programa de Pós-Graduação em Sociologia e Antropologia (PPGSA) da UFRJ. Tem graduação (licenciatura e bacharelado em Ciências Sociais) pela UFRJ e fez pós-doutorado na Universidade Estadual do Ceará (Uece). Suas pesquisas entrecruzam a sociologia das relações étnico-raciais e a sociologia da arte.

LUIZ AUGUSTO CAMPOS é professor dos programas de pós-graduação em Sociologia e Ciência Política no Instituto de Estudos Sociais e Políticos (Iesp) da Universidade do Estado do Rio de Janeiro (Uerj). É doutor em sociologia pelo mesmo instituto (2013), coordena o Grupo de Estudos Multidisciplinares da Ação Afirmativa (Gemaa) onde realiza pesquisas sobre raça e política. É coautor de *Ação afirmativa: Conceito, debates e história* (2018) e *Raça e eleições no Brasil* (2020), além de autor de *Em busca do público: A controvérsia das cotas na imprensa*. Foi professor na Universidade Federal do Estado do Rio de Janeiro (Unirio) (2013-2014), na Universidade Federal do Rio de Janeiro (UFRJ) (2010) e na Pontifícia Universidade Católica do Rio de Janeiro (PUC-Rio) (2010) e realizou estágio pós-doutoral na Universidade de Nova York (2020) e na Sciences Po de Paris (2014).

1ª EDIÇÃO	FEVEREIRO 2024
IMPRESSÃO	ESKENAZI
PAPEL MIOLO	PÓLEN BOLD 90G/M²
PAPEL CAPA	CARTÃO SUPREMO 300G/M²
TIPOGRAFIA	BAMBOOK E GUARDIAN